LA FIÈVRE SYMPATHIQUE.

CONFABULATIONS.

LA MÉDAILLE

CE HÉROS EST UN TYPE HISTORIQUE.

LA

FIÈVRE SYMPATHIQUE.

CONFABULATIONS.

SUITE DES MÉMOIRES

D'UNE CRÉOLE DU PORT-AU-PRINCE.

(Ile Saint-Domingue.)

La philosophie est le cathéchisme de la Foi.

RACINE, *Poème de la Religion.*

PARIS,

TYPOGRAPHIE ET LITHOGRAPHIE FÉLIX MALTESTE ET Cie,

18, rue des Deux-Portes-Saint-Sauveur.

1848.

INTRODUCTION.

MESDAMES BALANOS ET OREA.

Madame Balanos entre chez madame Oréa qu'elle trouve lisant.

Madame Oréa se lève et dit à son amie :

Ah! bonjour, ma chère amie, vous me trouvez lisant les *Confessions de saint Augustin;* écoutez ce qu'il dit sur l'amitié dans les rapports quotidiens qui semblent puérils à beaucoup de monde.

Madame Oréa offre un siége à madame Balanos qui s'asseoit. Madame Oréa reprend le siége qu'elle avait quitté, ainsi que le livre qu'elle lisait. Madame Oréa lit tout haut :

« Ce n'est pas la conformité d'une même croyance
» qui me fait trouver de la douceur dans le commerce
» de mes amis, c'est tout autre chose en quoi consiste
» le plaisir de l'amitié : c'est de s'entretenir, de rire
» et de badiner ensemble; de se rendre réciproque-
» ment des témoignages d'affection; de lire ensemble
» quelques livres agréables; de combattre quelquefois

» les sentimens les uns des autres, sans aigreur et
» comme on combat les siens propres, et de relever
» par le sel de ces sortes de contradictions peu fré-
» quentes, le plaisir de convenir sur tout le reste;
» d'apprendre tour à tour quelque chose les uns des
» autres; de se plaindre de l'absence de ceux qu'on
» ne voit pas, et de goûter la joie de voir arriver ceux
» que l'on attendait; car, de toutes les démonstra-
» tions d'amitié que le cœur exprime par la bouche,
» par les yeux et par les autres sortes de signes qui
» font plaisir, il se fait comme un feu qui fond en une
» les âmes de plusieurs personnes. »

Madame Oréa pose le livre près d'elle et dit :

Ne vous semble-t-il pas, comme à moi, madame, que la conversation est une improvisation dont un même esprit doit être le chef d'orchestre?

MADAME BALANOS.

Cet esprit c'est la parole. Dans le poème de la Religion, Racine dit : *La parole, le signe de la volonté de l'homme!*

MADAME ORÉA.

Cicéron soutient plaisamment que le dieu de la parole a pris le parti de se taire depuis qu'on lui a élevé un autel. Vous savez qu'à Rome il y eut un temple dédié à la Parole depuis qu'un certain Aïus-Locutius dit avoir entendu une voix l'avertir que les Gaulois s'avançaient.

MADAME BALANOS.

J'admire Cicéron, mais non l'orateur quand il doute d'un culte dont il possède l'âme et dont il lui serait impossible d'expliquer la nature autrement qu'en la faisant *divine.* Il aurait dû plutôt s'élever contre les interprêtes de la voix par le sens de l'ouie qui rendait la parole : le tort des Romains était d'avoir donné au temple le nom de *l'Interprête.*

MADAME ORÉA.

Sans doute, la voix occulte avait frappé sur *l'entendement de Locutius.* Valentin, vers l'an 138 de l'Église, publia une doctrine. Il nomme la pensée *Sighe* ou silence; il la nomme aussi *Charis,* grâce; il la fait engendrer *Noüs,* entendement, et de Noüs il fait sortir *Logos,* verbe, et *Zoé,* la vie. Il résume son système par l'arbre *Eon,* chêne, siècle et vaisseau des Argonautes *faisant la conquête de la Toison d'or....*

MADAME BALANOS.

Valentin fut condamné par le pape Higin, athénien. La lampe inextinguible d'Athènes brûlait au Parthénon, et cette lampe devait se renouveler seulement une fois l'an. L'hiérarque gouverna l'Église quatre ans et trois mois, et mourut l'an de grâce 54. De son temps s'élevèrent les hérésies de Valentin en Égypte et de Cerdon en Syrie.

MADAME ORÉA.

Le silence est l'*audition*, et les anciens, graves dans leurs paroles, portaient, lisant toujours en eux-mêmes, la figure d'Harpocrate sur leur cachet : sous ce cachet était le secret des lettres. Vous m'avez interrompue pour me parler de la parole décrite par Racine comme *signe de la volonté;* j'attends maintenant que vous interprétiez le *chef d'orchestre.*

MADAME BALANOS.

L'*iconographie*, qui est la description des images, des tableaux, donne des lyres, des chaînes, des harpes et d'autres instrumens à l'histoire, etc. La voix résume l'action des temps.... Mais je suis peintre et peu musicienne, et je ne devine pas l'instrument qui peut accorder tant de différens orchestres....

MADAME ORÉA.

C'est le *diapason*, instrument d'acier. *L'acier est un fer uni à une petite quantité de carbone qui le rend brillant, cassant, sonore*, qui le cristallise, ce qui fait supposer que le fer est une sève, une attraction d'*antipéristaltiques....*

MADAME BALANOS.

Des antipéristaltiques!... c'est un mot qui sent la fièvre....

MADAME ORÉA.

Ou les Muses.... A la fête de Saint-Louis, l'an dernier, l'affiche du théâtre de la foire de Versailles annonçait des *antipéristaltiques*, je pris des billets pour moi et ma société, et je vous assure que je n'ai pas gagné *la fièvre* et que je m'y suis fort amusée, ainsi que madame de S... que bien vous connaissez. C'étaient des baladins imitant par la souplesse de leurs membres et leur indépendance organique les uns des autres, les tuyaux de l'orgue. Ils rampent comme des vers, agissent du bras, de la jambe, ou pirouettent comme des moucherons.

MADAME BALANOS.

Ah! c'est une action de pantomime résultant du souffle du poumon.

MADAME ORÉA.

M. Guillot, médecin de la Salpétrière, a décidé qu'il s'accumule dans les organes respiratoires de l'espèce humaine, pendant la durée de l'âge mûr et surtout dans la vieillesse, une matière noire dans un état excessif de division. Ce fait est général chez tous les hommes, quelle qu'ait été leur profession. Cette matière noire est appelée *mélanose*. On la regarde comme une maladie particulière aux poumons. C'est tout simplement un charbon ordinaire, comme celui résultant de la combustion du bois de nos cheminées. Ce charbon ne provient nullement de l'extérieur, mais du sang qui circule en grande abondance dans le poumon. — (*Madame Oréa dit à madame Balanos :* Cette note que voici (*lui montrant un papier*) est du *Moniteur Parisien* du 24 février 1847.)

MADAME BALANOS.

Notre poumon reconnu Carbonaro, semble être la Vesta romaine : malheur à ceux qui se donnent la mort, ils éteignent volontairement le feu sacré qui leur est confié....

MADAME ORÉA.

Le Dante, dans son poème des Enfers, prend pitié des condamnés qu'il rencontre et qui ont été punis pour ce crime. Ils lui répondent qu'il n'est pas juste de reprendre un habit dont on s'est dépouillé....

Revenons au fer. M. Salacroux me fournit la citation savante :

« Le fer ne paraît pas avoir été connu de toute antiquité ; mais à quelqu'époque que remonte son origine, il est certain qu'on l'employa, à cause de sa dureté, à la fabrication d'instrumens tranchans, ce qui le fit consacrer au dieu des combats et désigner sous le nom de Mars. Un fil d'une ligne de diamètre peut soutenir sans se rompre un poids de 450 livres. La ductilité du fer est si grande et si ténue qu'on a pu le réduire en fil assez mince pour en confectionner des perruques. Les aérolithes ou pierres tombées du ciel sont du fer dans l'état primitif.

Il y a quelque chose de si providentiel dans le diapason, aujourd'hui monochorde, que depuis longtemps il occupe ma pensée.... Pourriez-vous me dire quelle est la chose la plus rare?

MADAME BALANOS (*riant.*)

Si vous me demandiez quelle est la plus commune, vous ne m'embarrasseriez pas davantage.

MADAME ORÉA.

La plus commune, selon l'orateur sacré, c'est la vanité : *Vanité des vanités, et tout n'est que vanité !* La plus rare, selon moi, c'est l'eau simple.

MADAME BALANOS.

Comment l'entendez-vous?

MADAME ORÉA.

Est-ce que le microscope ne vous a pas convaincue que l'eau est combinée avec des herbes, des animalcules, des poissons, des coquilles...?

MADAME BALANOS.

C'est vrai, c'est le sceptre de Noé résumant l'arbre universel [illegible] la vigne.

Avec saint Pierre on n'a pas besoin de zimozimètre (*instrument pour mesurer le degré de fermentation d'une liqueur*).... La conséquence de mes chagrins m'a rendue poète, trompant ainsi l'attente de ceux qui voulaient me rendre folle. Je fais imprimer ces poésies la plupart improvisées ; je vous les communiquerai, ma chère amie, au fur et à mesure qu'elles paraîtront.

LA MÈDAILLE [1].

CHRONIQUE [1],

Un père sage, avait un petit-fils,
Beau, spirituel et soumis,
Qu'il aimait d'un amour extrême,
Il voulait être lui-même
Le précepteur de son enfant.
Celui-ci le voit attentif, regardant
Une médaille, il approche et le questionne :
Quelle est cette médaille ? Est-ce ta patronne ?
J'ai la mienne à mon cou, petite, mais d'argent,
Celle-ci est plus grande, assurément ;
Mais, étant de cuivre, elle est moins jolie ;
Ainsi que toi, j'aime la mienne à la folie,
— Mon fils, cette pièce de métal est pour moi
Un *memento*, comme est pour toi
Le petit médaillon de ta marraine ;
C'est un vote patriotique. — Avec peine
Mon papa, tu sembles le regarder,
Te souvenir et pleurer.
Que t'offre-t-il de triste, ce vote ?
Ma médaille est blanche et bellotte ;
On m'en fit le récit,
Dès l'âge où tout petit,

[1] Histoire selon l'ordre des temps.

Je demandais à ma bonne
Qu'elle me racontât ma patronne.
De mon baptême Marie est le beau nom ;
Alors elle me montrait de saint Jean le mouton,
L'adoration des bergers à l'étable,
Les Mages offrant la mirrhe à Jésus aimable :
Enfin chaque soir en causant
Je m'endormais en y pensant.
La nuit je voyais la Sainte-Vierge,
Je promettais d'être sage, de lui mettre un cierge.
Raconte-moi, je te prie, quoique je sois un enfant,
Ce que ce vote a d'intéressant.
— Mon fils, des médailles, l'art dit numismatique,
Éclaire des siècles la marche chronologique ;
Incertains sont des anciens les vans (2)
(Tables arithmétiques des temps).
Il ne faut qu'une horloge en thèmes :
La grande-ourse (char de Triptolême)
Des mariniers jadis était la roue d'aimant.
Saint Thomas l'afferme à la mer du Groenlandt,
Car l'al-mo-nagt en scandinave [1]
Des lunes annote le miroir concave.
L'apôtre théologien, sous saint Louis,
Pour son ordre du volcan obtint les bruits,
Des pleurs du Seigneur touchant les cicatrices.
Son doute, son martyr, du sang sont les varices,
La nuée du cèdre y descend, neuf mois il pleut,
Trois de jour, trois de nuit, de Gordius est nœud ;

---

[1] ***Al-mo-nagt***, mythologie scandinave, observation de toutes les lunes, bâton quadrangulaire sur lequel les peuples du Nord traçaient le cours des lunes, d'où découle notre mot *almanach*. (Noel.)

Les palmes de Jérusalem sont des flots
Qui du mulier verdissent et animent les eaux.
La science trop exacte est retardataire,
Du Taurus de Lycie un bouc est émissaire :
C'est le char de Vénus, c'est l'étoile au berger,
Sa lumière est salut et danger.
Toute médaille a deux côtés, l'un est la tête
Portrait et sujet de l'enquête.
Sur l'autre, *dit revers*, sont les *inscriptions*.
Les pièces à harangues sont des *allocutions*.
Le diamètre est *module*, la légende *ame*,
Perpétuant à l'histoire le sens par sa flamme,
Le cuivre s'ennoblit
Par le titre *bronze*, mon petit ;
Celui-ci fut commandé par la France éplorée,
Assombrie, à la mort prématurée
Du prince royal que tout le monde aimait,
Sous lequel l'armée triomphait.
Ce héros est un type historique.
Ce bronze est pathétique!
Chacun, en l'admirant, pleure l'événement.
Les médailles antiques embarrassent le savant ;
Babylone confondit le dialecte...
La pensée de chacun est une feuille suspecte.
Du Zénith au Nadir, la passion du Seigneur,
Sur la mer, sur la terre, est le guide meilleur.
Ta bonne t'apprit la divine médaille;
Elle en mérite une en représaille ;
Donne-lui ce louis d'or...
Contre le péché et la mort,
Implore ta divine patronne,
Tutrice de toute couronne :
Des royaumes elle est l'arche et la voix.
Mon fils, n'apprends à lire que par la croix.

A l'ignorant, à l'antiquaire.
Elle ouvre un dictionnaire.
Dont le sens est le sacré cœur,
Verbe-Dieu, ~~unique~~ Seigneur!
La médaille au héros donne un métal en targe[1].
Le Carme[2] du cadran *nord* est l'aiguille et la marge[3].

---

[1] Targe : sorte de bouclier.
[2] Carme : acier, religieux.
[3] Marge : blanc autour d'une page; lisière; temps de reste pour agir.

NOTES.

(1) La science des médailles, ou l'art numismatique, consiste à ne se pas tromper par l'imitation des vraies médailles. Il faut savoir la chronologie, l'histoire et la mythologie. On partage les médailles en *deux espèces :* les antiques et les modernes. Les antiques sont celles qui sont frappées jusqu'au troisième ou neuvième siècles de J.-C. Parmi ces médailles antiques, les grecques sont les plus belles et les plus anciennes.

Termes d'usage dans l'art numismatique.

Tête. Côté de la médaille opposé au *revers.*

Revers. Côté de la médaille opposé à la *tête.*

Ame de la médaille. Les antiquaires regardent la *légende* comme l'âme de la médaille et les figures comme le *corps*, ainsi que l'emblême.

Exergue. C'est un mot, une date, des lettres, des chiffres marqués dans les médailles au-dessous des figures qui y sont représentées.

Inscription. Ce sont les paroles qui tiennent lieu de revers, et qui chargent le champ de la médaille au lieu de figure.

Légende. Elle consiste dans les lettres qui sont autour de la médaille et qui servent à expliquer les figures gravées sur le champ.

Module. Grandeur déterminée des médailles d'après laquelle on compose les différentes suites.

Monogramme. Lettres, caractères ou chiffres, composés de chiffres entrelacés. Ils dénotent quelquefois le prix de la monnaie, d'autres fois une époque, quelquefois le nom de la ville, du prince et de la déité représentée sur la médaille.

Le *chronogramme*, dit Adisson, est une espèce de devise qu'on a souvent employée dans les médailles, et qui consiste à représenter dans l'inscription l'année dans laquelle la médaille a été frappée, comme dans celle de Gustave-Adolphe : *Christvs. du xergo tr* IV *Mphvs.*, dans laquelle on trouve : MDCXVVVII — 1627.

Nimbe. Cercle rayonnant qu'on remarque sur certaines médailles.

Panthées. Ce sont des têtes ornées de symboles de plusieurs divinités.

Paragonium. Sorte de poignard, de bâton, de sceptre, tantôt attaché à la ceinture, tantôt appuyé par un bout sur le genou, ou placé d'une autre manière.

Quinaire. C'est une médaille du plus petit volume. (On entend par volume l'épaisseur, l'étendue, le relief de la médaille et la grosseur de la tête, en tout métal.)

Symbole ou type. Terme générique qui désigne l'empreinte de tout ce qui est marqué dans le champ de la médaille.

Médaille de billon. On nomme ainsi toute médaille d'or ou d'argent mêlé de beaucoup d'alliage.

Médaille de bronze. C'est par le mot de bronze qu'on a cru devoir ennoblir le nom de cuivre en terme de médailliste. Le bronze est un mélange de cuivre rouge et de cuivre jaune. Il y a cependant aussi des médailles qu'on appelle médailles de cuivre.

Médaille de potin. On nomme ainsi des médailles d'argent bas et allié.

Médailles non frappées. On nomme ainsi des pièces de métal d'un certain poids qui servaient à faire des échanges contre les marchandises, avant qu'on eût trouvé l'art d'imprimer des figures ou des caractères par le moyen des coins et du marteau.

Médailles inanimées. Ce sont celles qui n'ont point de légendes, parce que la légende est l'âme de la médaille.

Médailles contorniates. Ce sont des médailles de bronze avec une certaine enfonçure tout autour qui laisse un rond des deux côtés, et avec des figures qui n'ont presque pas de relief.

Médailles votives. Il y en avait dans les temples d'Esculape. Espèces de registres qu'on appelait *tables votives.* C'étaient des offrandes qui consistaient en une table d'airain ou de marbre, sur lesquelles on exposait la maladie qu'on avait eue et les remèdes employés pour la guérir. Hippocrate s'en est servi pour former les règles de la médecine.

Médailles sur les allocutions où plusieurs empereurs romains sont représentés haranguant les troupes. La légende de ces médailles est allocutive, d'où vient que quelques curieux appellent ces sortes de médailles une *allocution*.

Les *médailles frustes* sont celles que le temps a gâtées.

Enfin les *médailles incuses* sont celles qui, par oubli du monnayeur, n'ont point de revers.

Maintenant on va donner une idée de ce qu'on nomme *attributs*.

Le diadème est plus ancien que la couronne; c'est le propre ornement des rois, qui n'est devenu que dans le bas empire celui des empereurs. Les couronnes des empereurs, depuis Jules-César, sont ordinairement de *laurier;* Justinien est le premier qui ait pris une espèce de couronne fermée. Les *couronnes radiales* (c'est-à-dire en forme de rayons) se donnaient aux princes lorsqu'ils étaient mis au rang des dieux. Les *couronnes rostrales*, composées de proues de vaisseaux, se donnaient après les victoires navales. Les *couronnes murales*, formées de tours, étaient la récompense de ceux qui avaient pris des villes. Cybèle, et tous les génies particuliers des provinces et des villes, portaient aussi des *couronnes tourelées*, et divers symboles, dont plusieurs très ingénieux, servent à faire connaître les différentes déités. Le boisseau qui se voit sur la tête de Sérapis et de tous les génies, marque la Providence qui ne fait rien qu'avec mesure et qui nourrit les hommes et les animaux. Une colonne marque l'assurance ou la fermeté de l'Esprit. Trois figures qui tiennent un grand voile étendu en arc sur leur tête, marquent l'Éternité, où les trois différences du temps passé, présent et futur se trouvent comprises et confondues.

Les provinces personnifiées dans les médailles ont aussi des marques qui les font reconnaître. *L'Afrique* est coiffée d'une tête d'éléphant (1); elle a divers animaux autour d'elle. *L'Asie* a pour

(1) L'éléphant est un mammifère pachyderme (nom qui signifie *peau épaisse*); l'hippopotame, rhinocéros, etc. Les proboscidiens en sont la première famille qui ne compte que deux genres : les *éléphans* et les *mastodontes* qui ont entièrement péri dans les révolutions de la surface du globe terrestre.

SALACROUX.

attribut un serpent et un gouvernail. *La Macédoine* est représentée un fouet à la main. *L'Égypte* se connaît par le sistre (instrument de musique), par le crocodile (énorme animal amphibie : on croit qu'il est nommé *léviathan* dans l'Écriture), par l'ibis (grand oiseau d'Égypte, que jadis les Égyptiens mirent au rang des animaux qu'ils adoraient comme des dieux. *L'Achaïe* se connaît à son pot de fleurs; *l'Espagne* par un lapin; *la Gaule* par une espèce de javelot; *la Judée* par un palmier. *La Grande-Bretagne* a pour attributs un gouvernail et une proue de navire. *L'Italie*, comme la reine du monde, est représentée sur un globe et tenant un sceptre. *La Crète* a la chèvre, *la Hollande* un lion. La huppe est, dit-on, l'oiseau symbolique de *la Thrace*, etc., etc., etc.

(Extrait de l'*Encyclopédie* par Genlis.)

(2) *Van* ou *ven* (iconol) instrument pour nettoyer le grain. C'était un symbole mystique de Bacchus, parce que ceux qui étaient initiés à ses mystères avaient dû être purifiés de leurs vices par les épreuves qui précédaient l'initiation, comme le blé est séparé de la paille par le moyen du van. On donnait ce symbole à *Horus* comme Dieu *du labourage*. Chez les Grecs on mettait les nouveau-nés dans un *van*, parce qu'on croyait qu'un *van* avait servi de berceau à *Jupiter* et à *Mercure*. *Van* ou *ven*, dans la langue du *Mogol* ou du *Khatay*, signifie le nombre de dix mille ans : ce nombre est composé de plusieurs autres périodes de soixante ans qui portent le même nom. Ces cycles, qui ont trois noms différens, étant finis, on reprend le premier, puis le deuxième et le troisième, et l'on continue toujours à compter ainsi jusqu'à ce que l'on soit arrivé au nombre de dix mille qui compose le grand van.

(*Bibl. orientale.* Noël.)

Tout le monde connaît le pilote *Thamus* et la voix qu'il entendit vers de certaines îles de la mer Egée qui lui ordonna de crier à un certain endroit que le grand *Pan* était mort : il voulut passer outre, mais un calme l'obligea, par la frayeur qu'il en eut, à crier à haute voix *que le grand Pan était mort*. A peine avait-il cessé de parler que l'on entendit des pleurs et des gémissemens. La nouvelle d'un pareil prodige arriva aux oreilles de Tibère, qui assembla des gens savans qui décidèrent que les oracles cessaient par la puissance de J.-C. *Les devins* dirent, par la mort du fils de Mercure et de Pénélope. C'est *Pan* symbole de la fécondité de la nature.

Groenland, île des plus septentrionales de l'Europe, située en la mer Glaciale, entre le cercle arctique et le pôle du monde; ainsi nommée par sa verdeur. Elle est encore inconnue pour la plupart en sa partie la plus septentrionale. Le jour en été est de trois mois et demi, au contraire, en hiver la nuit y est de pareille longueur. L'hiver y continue l'espace de neuf mois, durant lequel il pleut toujours, et ne neige que sur la fin ; cela n'endommage toutefois les grains; car ils y viennent fort bien, et les pâturages aussi qui leur apportent quantité de beurre et de fromage, dont ils font un grand trafic. Il y a un monastère dit de Saint-Thomas, de l'ordre des Frères-Prêcheurs, tout bâti de tuffeau qu'un certain mont semblable à celui de l'Etna a élancé hors parmi les flammes de la fournaise. Les fontaines qui en sont voisines ont une chaleur si grande que les habitans y cuisent viande sans autre chaleur ; même les prochains endroits de la mer ne s'y glacent jamais, ce qui cause un grand concours d'animaux aquatiques qui se rangent là auprès, dont les naturels du pays se nourrissent.

(*Dict. théolog.*)

Saint Thomas, surnommé Didymas, l'un des douze apôtres de J.-C., montra son incrédulité, en ce qu'il ne voulut croire Notre-Seigneur ressuscité qu'il ne l'eût vu et touché. Après avoir prêché longtemps aux Indes, il fut martyrisé et percé de lances en la ville de Calamine.

Saint Thomas (1), dit d'Aquin, est l'ornement de l'ordre de Saint-Dominique ; parmi les docteurs de l'église il est surnommé le docteur angélique. Il a fait éclater ses merveilles dans Naples, Rome, Cologne et spécialement dans Paris, l'Université laquelle il a illustré, y ayant eu pour précepteur *Albert-le-Grand.*

(1) Fils de Pandolphe, comte d'Aquin, en la province de l'Abruze en Italie, proche parent de l'empereur Frédéric II.

Sa science est plus infuse qu'acquise. Ses écrits en quantité et surtout par leur clarté ravissent les esprits de tous les jurisconsultes, philosophes et théologiens du monde, spécialement dans l'ouvrage incomparable de la somme théologique qui est la grande mer. Il fut grandement honoré en sa vie du Saint-Siége et de tous les princes de la chrétienté, notamment de saint Louis. Le pape Pie V a ordonné que sa fête serait célébrée comme celle des quatres docteurs de l'Église, à cet effet qu'il serait nommé le cinquième docteur. Il passa de cette vie caduque en la céleste, la cinquantième de son âge et du salut, 1274.

(*Dict. théolog.*)

LA NOTE DU GLOSSAIRE

DE GUI BAROZAI, 1738.

CHRONIQUE.

Oh! quel plaisir, nous sommes en vacances,
Du collége maigre est l'abondance,
Nous aurons chez nos parens,
Bon cidre et francs Normands ;
De Dijon le Musée
Ne vaut pas l'Élysée
Du parc de notre château.
Après l'étude il faut être badeau ;
Moi cadet revenant au donjon sans salaire,
Je proclame héros mon cher frère,
Couronné,
Entériné [1],
Comme plume en merlette [2].
Tacite [3] possédant l'amulette [4]
Du bon berger, comme un agneau.
L'être docile, est il un sot?
Non, mais d'un facile caractère;
On le dit plagiaire [5],

---

[1] Ratifier juridiquement.

[2] Oiseau sans bec ni pieds (terme de blazon.)

[3] Historien.

[4] Prétendu talisman préservatif.

[5] Qui pille en s'attribuant les ouvrages d'un autre.

Penaud, docte, banal,
Plus que lycéen féal [1],
Du sphinx à notre âge que signifie l'énigme?
Simple, mais non moins sublime
Est celle du tableau donnée aux écoliers
Dont M. le régent déchira les cahiers. . .
(Le jésuite est à la piste
En bon casuiste)
Pour apprendre, non le latin,
Mais la prose à maître Jourdain.
Des langues il veut conserver les racines,
Et même les routines ;
Les vrais savans sont trop sensés, grands dieux !
Pour vouloir des désordres chez eux.
L'affaire fut glorieuse,
Mais parut sérieuse
C'est moi, n'est-ce pas, aîné,
Qui raconterai
Pourquoi nos professeurs, par initiative [2],
Mettent du coq la girouette plaintive
Au tableau de l'an : comme de raison
Il faut distinguer le Maure du Saxon.
L'élève docile, croyant à leur science,
Aura la médaille, saine prudence
Est celle au colombier conservant les œufs ;
En retenue les mutins resteront comme gueux,

Ainsi devisant s'acheminaient deux sages ;
Du manoir dès qu'ils voient les riants visages,

---

[1] Fidèle.

[2] Initiative, le droit de commenter.

Oubliant bimbelot [1],
Couronnes et paletot,
Près d'un tendre père, hors d'haleine,
De ses mains baisent la faine [2];
Soudain la fanfare, le tambour,
Annoncent au domaine des enfans le retour.

Quand la famille le soir est rassemblée,
Du concours nouveau, la cause est appelée;
C'est le cadet qui fait le récit
Mettant les patois en crédit.

« Toujours au Parthénon de la Grèce
» Couronner la jeunesse?
» Dit-il, tout change; en versions
» S'illustrèrent les nations.
» De la paix reprenons l'habitude,
» Égayons l'étude,
» Comprenons les anciens
» En bons chrétiens
» Leur dictionnaire
» Et les contes de l'oie en grammaire,
» Et le glossaire bourguignon des noëls
» Eclaire du vieux latin les mots usuels.
» Tabouret et Furetière,
» Du sobriquet de moutardiers qui naguère
» Appartint aux Dijonnais,
(D'après qui Barozai,
Par parenthèse),
» Racontent qu'au collége une thèse

---

[1] Jouets d'enfans.

[2] Fruit du hêtre, dont l'huile ne rancit pas.

» Enigme sur tableau,
» Voulait du lynx, au regard faux,
» Garantir la rhétorique
» D'une langue savante mais gothique.
» M. le régent en était l'auteur.
» *Multum tardat divio rixam* fut la teneur [1]
» Qui parut séditieuse
» Et par trop captieuse. »
On veut, dirent les jeunes pédans,
Mettre le feu aux quatre vents;
Rallumer des haines, occasionner des rixes.
« Les jeunes cervelles prolixes [2]
» Contre le régent vont protester,
» Il devra, dirent-elles, effacer
» Du tableau l'énigme latine
» Aux écoliers donner en discipline [3],
» Des talmouses [4]; sans cela les lurons
» Au roi le dénonceront.
» Mais on eut lieu de rire,
» De M. le régent on ne put médire.
» *Multum* moult *tardat* tarde *Divio* Dijon
» *Rixam* noise : d'un marchand, dit-on,
» Était l'enseigne bourgeoise [5].
» Elle fut expliquée : *moutarde dijonnoise*

» Est-on plus sage qu'en mil sept cent trente-huit,
» Fait-on moins de cancans par ennui?

---

[1] Contenu d'un écrit.
[2] Diffus. — Trop long.
[3] Instruction. — Éducation. — Punition
[4] Échaudés au fromage.
[5] Qui appartient au maître.

» De Salomon bien beaux sont les proverbes,
» *Il faut neige sur foin, pluies sur herbes,*
» Mais de saint Rémi meilleure est l'ablution,
» Du ramier le coup d'aile aëre la nation,
» Des chroniques[1] il peut guérir la maladie,
» Des mélanges épurer la lie.
» Concluez, avocat, direz-vous,
» De la girouette parlez-nous ;
» C'est la prochaine thèse
» Non plus énigme mais *parenèse*[2] ;
» Soit : Le coq gaulois était le favori de Mars,
» *Des chats bottés*[3] avait les étendards
» Cheiroptères, philostômes, houilles,
» Mammifères aux forêts donnant belles quenouilles,
» Mutant[4] des Marais le Comus[5]
» Du nœud gordien ayant le rébus[6]...

» De Gui Barozai chantons la crêche,
» Chantons Henri IV fondateur de la Flèche,
» L'harmophane[7] ~~du Rigi~~[8] a bon coq
» Quand saint François piétonne[9] au broc :
» Notre-Dame-des-Neiges est en partie
» Parasol[10] et ortie[11]. »

---

1 Maladie longue
2 Discours moral.
3 Linx et loups-cerviers.
4 Souffrer le vin.
5 Dieu de la joie et des festins.
6 Jeu de mots.
7 Harmophane, cristal dont les joints sont apparens.
8 Glacier.
9 Aller à pied.
10 Chauve-souris.
11 Plante agreste. — Mèche qu'on insinue entre le cuir et la chair du cheval.

Le malin écolier de tous fut applaudi !
Nommer *un chat un chat* est d'un sage cadi ;
L'anexis[1], d'un assaut a médité le rôle,
Le futur lauréat de Jovis[2] prend la Gaule.
Le lendemain la corneille abat des noix,
De par la croix,
Le corbeau est grand'père,
La colombe au rameau grand'mère,
Par Thorax[3]
Absout Max[4],
Comme sagittaire
Au calvaire,
Ayant de saint André[5]
Le pré.
Il fait des siennes
En sciennes[6] ;
~~Ne crains plus Polyphème~~ charmante Galathée,
Radieuse au Mantouan ~~porte la voie lactée~~ !

---

[1] Arabe vagabond.
[2] Jovis-gland, gland de Jupiter. Noyer.
[3] Montagne de Magnésie, où fut crucifié un poète.
[4] Alexandre.
[5] Saint crucifié à Mantoue.
[6] Acanthoptérygiens.

NOTES.

Page 185 du *Glossaire alphabétique des Noëls bourguignons*, 1738, on trouve le mot *moutade, moutarde* et ce qui suit. Je ne répéterai point ici ce que Tabouret, et Furetière après lui, ont écrit touchant le sobriquet de moutardiers que l'on donne aux Dijonnais. Je rapporterai seulement ce qui, du temps de ma première jeunesse, arriva au Collége des Jésuites de Dijon, au sujet d'une énigme en tableau qui, selon la coutume, y devait être expliquée publiquement. Le régent en était l'auteur. Il avait fait mettre au bas du tableau : *multum, tardat, divio, rixam.* L'inscription parut séditieuse, comme si l'on avait témoigné quelqu'impatience de voir la dissention dans la ville. Mais il y eut bien à rire lorsque, chaque mot étant expliquée, *multum* moult, *tardat* tarde, *divio* dijon, *rixam* noise, il se trouva que le tout ensemble faisait *moutarde dijonnoise* qui était le mot de l'énigme.

Rigi.

Sous le rapport de la géognosie (1), le Rigi est une montagne particulièrement intéressante et remarquable. Elle est essentiellement composée de brèche et de grès, dont les couches alternent de la base jusqu'au sommet. On appelle cette brèche *Nagelfluth*, c'est-à-dire *rocher de clous* (2), nom qui lui a été donné parce que la surface arrondie des petits cailloux dont cette espèce de roche est hérissée ressemble à de grosses têtes de clous.

---

(1) Géognosie ou géogénie, histoire naturelle du globe terrestre.

(2) Roche de clous. — Magnès, jeune homme au service de Médée fut par elle changé en pierre d'aimant. Nicandre nous donne le sens de cette fable. Il fait de Magnès un berger qui, menant paître ses troupeaux, se trouva attaché à une mine d'aimant par les clous de ses souliers (NOEL.)

On rencontre sur le Rigi plus de 150 châlets dans lesquels on convertit en fromages et en beurre le lait d'environ 3,000 vaches.

Parmi les phénomènes qu'on observe sur le mont Rigi, le mirage se voit à différentes époques du jour : le matin du côté de Kussnacht, l'après-midi du côté d'Art et le soir vers le lac de Lowertz.

Les endroits les plus remarquables sont : la chapelle de Notre-Dame-des-Neiges, appelée aussi le Rigi ; l'hospice du même nom ; la chapelle de Guillaume Tell ; celle de Malchus, où l'on voit l'éboulement de Goldau, au village de Kussnacht ; le monticule du château de Gessler. La chapelle de Notre-Dame-des-Neiges, qui est située près de l'hospice, fut cédée, en 1804, par le conseiller Reichard au duc de Saxe-Gotha Ernest II.

Quelques mots sur le vertueux François de Sales.

François est né l'an 1567 dans le château de Sales. Il étudia la rhétorique, la philosophie et la théologie sous les Jésuites.

François, après avoir reçu la prêtrise, parut un homme rempli de l'esprit apostolique et tout brûlant de zèle pour le salut des âmes.

Il fut sacré évêque de Genève le 8 décembre par l'archevêque de Vienne, son métropolitain. Il ne porta jamais d'étoffes de soie ou autres trop éclatantes ; mais il était vêtu de laine. Il allait toujours à pied, même en faisant la visite de son diocèse, à moins que le mauvais temps ne l'obligeât à prendre un cheval ; marchant à pied dans les déserts affreux, il cherchait, disait-il, des brebis égarées dans les montagnes qui n'avaient jamais ouï la voix de leur pasteur. Il les cherchait avec des peines infinies, réduit souvent à coucher sur la paille dans de pauvres chaumières, obligé de grimper sur des montagnes inaccessibles au péril de rouler dans des précipices.

Un jour les députés d'une vallée vinrent le trouver à trois lieues de là, et lui apprirent que des rochers s'étaient détachés des montagnes, avaient écrasés plusieurs villages et grand nombre d'habitans, avec quantité de troupeaux qui faisaient toute la ressource du pays. Ils le supplièrent d'envoyer sur les lieux pour vérifier toutes choses, afin d'écrire en leur faveur et obtenir que les misérables fussent déchargés des tailles dans l'impuissance où ils étaient de rien payer. François offrit de partir à l'heure même pour leur rendre tous les services qui dépendaient de lui. Ils lui représentèrent que le chemin était impraticable. Le saint évêque leur demande s'ils n'en étaient pas venus : Nous sommes des pauvres gens accoutumés à la fatigue. — Et moi, mes enfans, ne suis-je pas votre père, obligé de pourvoir par moi-même à vos besoins? Arrivé sur les lieux, il trouva des gens dans une misère affreuse, manquant de tout; il mêla ses larmes avec les leurs, les consola, leur donna tout l'argent qu'il avait apporté, et écrivit en leur faveur au duc de Savoie, de qui il obtint tout ce qu'il demanda.

Mammifères carnassiers.

Les naturalistes attribuent au mot carnassier un sens plus étendu qn'on ne le fait ordinairement; au lieu de ne l'appliquer qu'aux animaux qui se nourrissent exclusivement de chair, ils le donnent à tous les mammifères onguiculés, c'est-à-dire qui ont un ongle à chaque doigt, pourvu de trois sortes de dents, dont le pouce est inopposable aux autres doigts, et dont l'abdomen (bas-ventre) est dépourvu de cette poche dans laquelle les marsupiaux (pedimanes sarigues) renferment le produit de leur part (1) prématurée. D'après cette définition, les carnassiers forment l'ordre le plus nombreux de la mammalogie; car il comprend non seulement toutes les espèces qui méritent ce nom dans toute la force du terme, mais encore les chauve-souris, les taupes, les hérissons et les différentes espèces de phoques.

On divise l'ordre des carnassiers en trois familles : les *chéiroptères*, les *insectivores* et les *carnivores*.

Première famille. Les *chéiroptères* ont les parties latérales (c'est-à-dire de côté) du tronc garnies d'un repli de la peau étendue entre leurs quatre membres, qui permet à la plupart de leurs espèces de voler avec autant d'agilité que les oiseaux.

D'après la différence de développement de la peau des flancs,

(1) Enfantement, du mot latin *partus*

on divise les chéiroptères en deux tribus : les *galéopithèques* et les *chauve-souris*.

Tous les chéiroptères sont originaires des contrées orientales de l'Asie ou des îles de l'archipel indien. Ils sont de la taille d'un chat, ce qui les a fait appeler par les voyageurs *chats-volans*, *chiens-volans*.

Les *chauve-souris*. Les membranes latérales atteignent dans les chauve-souris un plus grand degré de développement que dans les *galéopithèques ;* elles ne forment plus un simple parachute, c'est une aile plus large que celle de la plupart des oiseaux. Les doigts des membres antérieurs, dont les os sont allongés outre mesure, font l'office d'une baguette de parasol, en la tenant étendue pendant le vol.

Le nombre des chauve-souris est considérable ; on les divise en *frugivores* et *insectivores*.

Les *phyllostomes* forment un genre américain, dont les espèces sont caractérisées par une membrane foliacée (c'est-à-dire de la nature de la feuille), qui garnissent l'orifice de leurs narines, et par le nombre des phalanges du doigt du milieu, qui est constamment de trois aux membres antérieurs. Leur pavillon auriculaire est double, leur queue généralement courte, et ils ont une membrane interfémorale. Ce qui les distingue le plus de leur espèce, c'est leur langue qui se termine par une série de *papilles* (petites éminences) disposées circulairement, de manière à former une ventouse. C'est avec cet appareil qu'ils aspirent le sang des animaux dont ils aiment à se nourrir. Les principales espèces sont le *Phyllostome vampire*, le *P. fer de lance* et le *P. crénelé*, qui tirent leur nom de la forme de la feuille qui s'élève à l'entrée de leurs narines.

Les *rhinolophes chéiroptères* sont appelés en France *fers-à-cheval*.

Les *vespertillons* sortent de leur léthargie hivernale au printemps et produisent deux petits que la femelle emporte suspendus à ses mamelles et accrochés à son corps au moyen de l'angle aigu de leur pause. Quand elle ne les emporte pas, elle les laisse dans un lit mollet. Les espèces de ce genre sont les *chauve-souris* et les *oreillards ;* ces derniers ne diffèrent des autres que par le développement extraordinaire de leurs oreilles qui se réunissent l'une à l'autre sur le sommet de la tête.

Les *insectivores* sont : les *hérissons*, les *teurecs*, les *musaraignes*, les *dismans*, les *taupes*.

Les *carnivores* sont : les *plantigrades*, les *digitigrades* et les *amphibies*.

Les *plantigrades* sont : les *ours bruns* et *blancs* ; les *ratons*, dont deux espèces : le *raton laveur* et le *raton crabier*, qui tire son nom des crabes dont il fait sa nourriture. Ces deux animaux sont d'Amérique ; leur poil est doux et sert à faire des chapeaux.

Les *blaireaux* (que l'Ecriture nomme *taisson*, 2ᵉ couverture de l'arche d'alliance), qui, dans le danger, se mettent sur le dos, opposent à leurs ennemis leurs pattes et leur tête, parties bien armées. Les reptiles et les petits quadrupèdes font leur nourriture.

Les *gloutons*. Le principal genre est le *glouton du nord*, qui est de la taille d'un chien et dont la peau est une fourrure recherchée.

Les *digitigrades* renferment les *martres*, savoir : la *zibeline*, le *putois*, le *furet*, la *belette*, l'*hermine*, les *loutres*.

Les *chiens*, le *loup*, le *chacal* ou *loup doré*, les *renards*, les *civettes*, les *mangoustes*, les *hyènes*, les *chats* dont on compte plus de trente espèces, dont les principales sont : le *lion*, le *tigre*, le *panthère*, le *léopard*, le *chat ordinaire*, et, pour l'Amérique, le *jagouar*, que les fourreurs appellent *tigre d'Amérique*. Les *linx*, qui se distinguent des chats par leur queue beaucoup plus courte que le train postérieur, par leurs oreilles pointues terminées par un bouquet de poils. Tels sont les *loups cerviers*, le *linx du Canada*, le *chat cervier* qui a une belle fourrure, le *caracal*, le *linx* ou *chat botté*.

Les *amphibies* sont : les *phoques* et les *morses*.

Les *phoques* : le *veau marin*, l'*ours marin*.

Les *morses* : *vache marin*, *cheval marin*, etc.

Les *phoques* ont la tête ronde, garnie de moustaches longues et fortes et assez semblables à celles d'un chien ; leurs yeux sont grands et leur regard expressif; en un mot, toute leur physionomie annonce l'intelligence et la douceur. Ils s'apprivoisent avec beaucoup de facilité, et parviennent en peu de temps à reconnaître leur maître à la voix duquel ils s'empressent d'accourir. Ils s'attachent tellement aux personnes qui les soignent que, dès qu'ils les aperçoivent, ils se précipitent vers le rivage, s'y traînent péniblement pour leur lécher les pieds et leur témoigner par les signes les plus expressifs leur joie et leur reconnaissance.

La femelle ne produit que deux petits. On leur fait une guerre d'extermination pour leur huile qui sert au tannage et à l'éclairage, et pour leur peau dont on fait des fourrures grossières, des outres, des couvertures de malle.

On peut regarder l'eau comme l'élément des amphibies ; c'est là qu'ils se plaisent. Le séjour de la terre leur est désagréable ; ils ne peuvent s'y mouvoir qu'en se traînant sur le ventre à l'aide des membres antérieurs, armés à cet effet d'ongles forts et tranchans pour s'enfoncer dans le sol. Ils ne s'y montrent que pour se livrer au sommeil, pour allaiter leurs petits et pour recevoir les influences des rayons du soleil et se soustraire au danger de l'orage. Une particularité de leur organisation est l'ouverture de leurs narines garnies d'un muscle circulaire qui les ferme complètement pour s'opposer, lorsque l'animal nage ou plonge, à l'introduction de l'eau dans le larynx ; de même pour que le sang ne s'accumule pas en trop grande quantité dans le cœur ou le poumon, pendant que le séjour dans l'eau les empêche de respirer, ils ont au milieu de leur foie une veine énorme qui peut se remplir de ce fluide sans inconvénient pour l'animal. (Extrait de SALACROUX.)

A Versailles, en 1847, on a vu un phoque prononçant le mot *papa*.

LA GRAND'MÈRE,

CHRONIQUE.

Ferrières m'inspire ce récit :
En sept cent cinquante Pepin, *dit le Petit*,
Fut sacré : La Thalame [1]
De Rheims à Soissons porta son étame.
Le pape Zacharie de Boniface fait choix :
Il oint Pepin. Les *sires* disputaient ses droits;
Lorsque les plus hautains baissent la tête
Au combat d'animaux qui du sacre fut fête :
A Ferrières un taureau lancé sur un lion,
Allait le terrasser; dans l'arène en champion
Saute le Roi : coupe à l'un la gorge ;
Son *fer* étant de sainte forge;
Un second essor abat le taureau.
Le cirque tout entier cria bravo !
A ce trait de vaillance,
Les nobles pressentent leur impuissance ;
Comprennent sur-le-champ
Que de la Gaule Bref est le vrai tenant.
Son fils et successeur fut Charlemagne,
Empereur d'Italie et de l'Allemagne.
Fondateur des lettres, législateur :
Les Capitulaires lui font honneur,

[1] Thalame, fiole à long cou. Le thalassomètre est la sonde marine, et le thaler une monnaie d'Allemagne.

Au haut clergé rendent les biens! L'hégire[1]
De Mahomet fut le souffle d'une Vampire[2];
Au septième siècle, il tombe du haut-mal.
Se dit l'Initié du Croissant saturnal.
Il a brisé le *soc*[3] de la maison carrée,
(Don d'Abraham, aimant de la rue Saturée,
De la boussole, la trente-deuxième part)
Ce zodiaque de Rumb[4] est le marc.
Jusques vers *Abalus*[5] l'hermine[6]
De l'ambre étend du gaz la flamine.
L'ange gardien du bas Éther
De la kaaba a la foudre et l'éclair,
Le faux prophète du tombeau tenant la sonde,
Veut dompter la Gaule, la Germanie, le monde,
De saint Pierre renverser la croix,
(Les fourmis[7] d'Egine sont des fourgons d'octrois)
A ses Maures veut donner l'Aquitaine,
L'Espagne : il met le comte Eudes en peine.
Au roi de France, le suzerain a recours :
Du Midi le monarque affermit les pourtours ;
Il oppose à l'hydre de la mare[8]
Du pape la tiare[9].

---

1 L'hégire est la fuite de Mahomet. Soufflet, instrument : *coup sur la joue*.

2 Vampire *grosse chauve-souris* dont la vélocité tient à la longue attraction du sang dont elle se nourrit.

3 Soc, fer de charrue.

4 Rumb, aire de vent, une des trente-deuxième parties de la boussole.

5 *Abalus*, île de la mer Germanique, où l'ambre découle des arbres. Lorsqu'un homme se noie sur les côtes de cette île, et qu'on ne peut retrouver son corps, on offre durant cent ans à ses mânes des sacrifices expiatoires.

6 Hermine (digitigrade), belette.

7 Myrmidons, thessalicus, fourmis d'Egine.

8 Marc (marais, locomotion *conquise à la terre*).

9 Tiare, triple couronne du pape.

Les temps vont se compter,
D'Asie et d'Afrique *les boucs* se heurter,
Les traditions s'épèlent
Les Babes se rappellent,
Par Moïse, Homère, Odin,
Les Pharaons! qui de l'amiante ont eu le *lin*[1].

Contester le temporel au chef de l'Église,
C'est du pôle étioler la frise.
L'homme sur terre a un tuteur,
Conservant les acquets du Rédempteur.
De Noé date l'Edile;
Cham sur l'esprit cracha un projectile[2].
(Du sceptre d'Afrique c'est le limon),
Le pape nouveau vigneron
Voit l'art matriculaire
Atteint du cimeterre...

Le nègre a le *kissy*[3] pour la Fève congo...
Samson la dent *Léchi*[4], d'une fontaine l'eau
Dont il a conquis la sève
D'Alla et d'Ali limitant le glaive).
Par Rome il faut être chrétien,
Pour de la Judée être patricien,
Et dominer au môle[5]...

---

[1] Lin, linceul embaumant ou bûcher.

[2] Projectile.

[3] ***Kissy***, *idole couverte de crachat congo.*

[4] Léchi, fontaine sortie de la dent de la mâchoire. Tout rocher est dit *dent* en hébreu.

[5] Môle jeté devant un porc. ***Substance.***

Haroun-Araschid s'allie à la Gaule. . .
A sa missive joint les *clavus*[1],
Triple alliance de Rome par *Geminus*[2].
Un sablier du cône[3],
Manne de Mambré sur la belladone,
(Timbre d'un *orgue-horloge* sur éléphant,
Cadran monumental de *Léviathan*[4])
Contre les Sarrazins il soutiendra la guerre
De Sabœ jure de prendre la terre.

Charles vit l'irruption des Normands. . .
Comme un gravier des firmamens,
Leur pirogue de Brou s'ancrant à la Neustrie,
(*Des vieux pommiers*[5] qui ne sait la féerie!
C'est l'attraction du flot providentiel!
Il rendit aux Cauchoises le fanon[6] partiel;
La constellation des héliaques[7]
Des bouleaux a les taques,
Et le divin Otus[8] de ses épis sauteurs
Des cires agrestes vint fructifier les fleurs.

Sous Pépin le langage était *roman-Romance*;
Le Barde pour la France
Est ce qu'aux Grecs la rapsode fut aux états.

---

[1] (Clavus analis) clous fichés pour marquer le nombre des années.
[2] Geminus, surnom de Janus pris de ses deux faces.
[3] Cône, pyramide *ronde*. *Coquilles*.
[4] *Léviathan*, chef-d'œuvre de Dieu. Locomotion. Vaisseau.
[5] *Edda*, myth. scand. Livre des lois.
[6] Fanon, barbe des cétacées.
[7] Héliaque, astre qui se lève et se couche dans les rayons du soleil.
[8] Otus, épis sauteur.

Le juglans[1] (ovaire des potentats)
Des frères jumeaux noyer Sacré, et d'Homère
Les traditions, d'Eon[2] annotant la poussière.
Caryum, Simonide[3] (blason florencé[4])
De Castor et Pollux, du grec est l'*a b c*,
Croix-Dieu[5]. Si le sphinx arrête à la clairière[6],
C'est que d'être animal de croulière[7]
Le jeune homme ne se doutait pas :
Le destin est contexte : Las!
Il veut la discipline.
Au pont Euxin[8] se jette, se dessine
Se gaze au charbon...
Des fées, de Morgane, anime le limon...
Œdipe renversa un char au marécage...
Manquer à la vieillesse fut le tort de l'âge!
Les Euménides acharnées sur ses pas
D'un père vengent le trépas;
Il leur élève un autel. Neptune
Rend du Cythéron la harpie opportune;
Orphée ~~qui descend~~ aux enfers
A l'ame vainement veut arracher les fers.
Des lyres, des cithares varie la glotte[9]
Selon l'amygdalée[10] dont la crête a la flotte.

---

[1] Juglans-noyer.
[2] Eon, chêne. Siècle. Vaisseau des Argonautes.
[3] Simonide, athlète.
[4] Florencé (lys-blazon).
[5] *Eden*.
[6] Clairière, vide dans un bois.
[7] Croulière, pré mouvant.
[8] Pont-Euxin, mer Noire (sphinx ou sagittaire).
[9] Glotte, fente du larynx. Locomotion de l'air.
[10] Amygdalée (d'amygdalus), amandier prunier et cerisier, fruit à noyau

Charles adopte le chant Grégorien,
De Cérès ~~calcule~~ chaque épi en escient ;
Des sénevés [1], crucifères, lunes et décades,
Le calendrier grec nous donne les ballades ;
Car l'huile sainte sur Pepin
L'unit au siége latin,
Qui des langues a l'intelligence.
Aux états tout vilain a présence,
L'esprit est un *ultimatum* [2]
Dont les apôtres sont l'album.

De l'Arioste belle est la poésie !
Des nuages il dépeint la ptosie [3] ;
Il chante le brave Roland,
Ce neveu de Charles-le-Grand !
Prince qui perd la raison : l'arien Ephialtes [4]
Au pont d'Espagne fait des haltes,
Pour vendre ses fioles : Astolphe au clan
Frappe par la Durandale [5] sur le dos du *Kraken* [6]
~~Qui a l'apogée~~ de la dune,
~~Puise~~ pour son ami et pour lui à la *Lune*
Du blaireau, du ~~hibou~~ il vit les tours
Palais de cristal, ciment d'ours ;

---

[1] Sénevé, graine dont on fait la moutarde. Crucifères (dicotedone), plante qui donne le *pastel* couleur bleue. La moutarde, la rave, le cresson, la girofflée, la julienne, la corbeille d'or et maïs. *Les principaux végétaux de cette famille sont le chou* et le colza auquel on doit l'huile de ce nom.

[2] Ultimatum, dernières conditions d'un traité.

[3] Ptosie, chute de la paupière.

[4] Ephaltes (devin), géant du cauchemar.

[5] La durandale, épée de Roland.

[6] Kraken, grand animal marin. Enorme polype de l'Océan.

L'avalanche par les filarets[1] est un isthme
Qui du pagel, du maigre[2] a le prisme.
Le dicton français est savant,
Sous Louis quatorze, dit le Grand,
La langue française résume les idiômes,
A l'état donne chiffres et paumes. . .
L'Albane aux cieux rend l'amour. . .
Versailles aux marbres met les jets de l'Adour :
De Gavarni le liége s'éperonne,
Du sceau de la Navarre Marly se couronne. . .
Au sens géométral Lutèce soumet sa foi :
Fénélon accuse de Calypso l'octroi. . .
Mais... si Louis quatorze rend illustre la France,
Sa grandeur mène à la décheance.

Des Perrault les colonnes et les contes d'enfans
Sont des ouvrages compétens. . .
Néanmoins ce siècle est l'ère étiolée
L'asphodèle[3], un saule sans mausolée[4] ! ! !

Beaumarchais, par la guitare de Figaro,
Instruit la ville : Tarare crie haro ! !
L'accent, la virgule est un procès de Basque,
Déjouant les préjugés en tachant le masque.

---

[1] Filarets, pièce de bois autour des vaisseaux.

[2] Pagel, poisson rouge, maigre. Acanthoptérigien, dernière arène des Romains.

[3] Asphodèle, lys jaune (asphodelus), famille des liliacés, que les anciens plaçaient autour des tombeaux, parce qu'ils croyaient que les mânes se nourrissaient de ses racines tubéreuses.

[4] Mausolée de Mosole, d'Artémise, qui fonda pour cette merveille la première académie.

La chèvre, les chevreaux,
Au pont Neuf se chantent, détrônant un héros ! . . .
Pour rival au baron donne un beau page ;
L'épingle au billet de Suzon est l'hommage. . .
. . . . . Je me résume enfin,
Par un petit conte de mon parrain ;
Car *Ferrières*, son lieu de naissance,
Est mon texte : Je revins d'Amérique en France,
Tout exprès pour être chrétienne par Laurent
Jean Babille, vraiment
Un peu plus je restais payenne. . .
Lutèce [1] phyrrhonienne
Des Antilles perdait le doux roseau,
De l'humanité philosophait le grand mot. . .
La férocité comme une épidémie
Fait sortir de l'Enfer la hideuse lamie [2].

Mon parrain racontait
Qu'à Ferrières quand on soupait,
L'ayeul
De la main et de l'œil
Bénissait fils, neveu, bru ~~avenante~~,
Et valet et servante.
La vénérable grand'maman
Vive, et d'un cœur aimant,
Le soir à neuf heures était à table :
Maintenant qui serait capable
De manger de bon appétit
Pour après aller au lit ?
Lors c'était la coutume.

[1] Lutèce, ancien nom de Paris.
[2] Lamie, requin.

Deux mots encor, je me résume,
Elle dit à sa bru, dans mon dos, voyez un peu,
Une puce de me piquer, se fait un jeu.
La jeune bru regarde,
(Elle était mère de mon parrain) peu mignarde,
Mit la main sur une souris
Qui dans la camisole se grattait : surpris
Chacun de rire,
Mère-grand de sourire
Gracieusement
Et simplement.

J'aime à compter cette histoire,
Ce qui rappelle la mémoire
De mes amis et de mon protecteur
Me reste pour seul bonheur!
Mon parrain fit honneur à la magistrature :
De la loi il fut un juste augure :
Neveu du grand Babille, membre du Parlement
De Paris, ~~dont la foi était le~~ serment.

Les grands airs, les brillans quadrilles
Ne peuvent rendre l'écot des antiques familles ;
Toujours, trois fois toujours
On aura regret aux vieux jours.
Jadis une souris rompait tout aruspice,
Au dos de la grand'mère, cherchant une hospice,
Thémis comme en un palais,
Aux fanons du corps se réfugiait.

NOTES.

Jean-Laurent Babille, né à Ferrières, département du Loiret, était avocat à Paris, lorsqu'en 1791, il fut élu juge d'un des six arrondissemens de cette ville, fonctions desquelles il se démit peu d'années après pour se livrer à sa première profession. Nommé juge à la Cour de cassation par le gouvernement consulaire, M. Babille, lors de la nouvelle organisation de cette Cour par Napoléon, reçut, comme ses collègues, la décoration de la Légion-d'Honneur, et en fut nommé officier par le roi, lors de la première restauration. Il donna sa démission en mai 1816. Sa retraite de la Cour de cassation fut volontaire.

(*Biographie nouvelle des contemporains*, par Arnault, A. Jay, E. Jouy.)

L'anecdote qui sert de sujet à cette chronique, est exactement vraie. M. Babille me l'a contée, comme à beaucoup d'autres amis.

Pépin-le-Bref se fit sacrer, en 750, à Soissons, par saint Boniface; il eut à cœur de s'affermir sur le trône par l'Église à laquelle il restitua des biens ecclésiastiques.

Quand Rome eut détruit Carthage, Numance, Corinthe, quand elle eut imposé le joug à l'Espagne et à l'Asie, elle tourna son ambition sur la Gaule. En fondant les colonies d'Aix, en Provence, et de Narbonne, Jules-César fit la conquête de ce pays; et plus les Gaulois avaient été redoutables, plus on s'efforça de les opprimer. Le christianisme y pénétra vers le milieu du deuxième siècle après Jésus-Christ. Ses progrès y furent rapides dès que Constantin eut accordé, en 312, l'exercice public de la vraie religion. Hélène, sa mère, fut répudiée par Constance (lorsqu'il n'était que simple officier, il l'avait épousée par inclinaison; aussitôt qu'il fut possesseur de l'empire, en 292, il la renvoya et devint l'époux de la belle-fille de Maximien-Hercule). Constantin, son fils, la rappela à la cour en 306, fit embrasser le christianisme à sa mère alors âgée de 64 ans. Dès qu'elle eut reçu la lumière de l'Évangile, elle devint ardente pour le service de Dieu. C'est elle qui découvrit le saint sépulcre et le bois de la croix où a souffert le Sauveur. C'est elle qui fit bâtir la superbe église du Saint-Sépulcre. Ainsi donc est-il impossible de douter des miracles qui se sont opérés à cette occasion, puisque le règne du grand Constantin est un des plus savans et des mieux attestés. Les biens du clergé, tant en France qu'en Italie, en Espagne, sont la conséquence de la libéralité de Constantin et de sainte Hélène. Clovis se fait chrétien ; il est depuis cette époque véritablement *roi des Gaules*, chasse les Romains en 496. Le pape Anastase, à l'occasion du baptême de Clovis, écrivit cette lettre :

« La chaire de Saint-Pierre pourrait-elle ne pas tressaillir de » joie quand le filet de ce pêcheur d'hommes, de ce portier du » ciel, se remplit d'une pêche si abondante? Glorieux et illustre » fils, soyez la consolation de votre Mère; soyez, pour la soutenir, » une colonne de fer. Nous louons Dieu de ce qu'il vous a tiré de » la puissance des ténèbres pour donner à son Église un protecteur » capable de la défendre contre tous ses ennemis. »

Ce fut Clovis qui rédigea la loi salique, ainsi appelée du nom des *Saliens*, les plus illustres des Francs. *Par rapport à la terre salique, les femmes n'ont nulle part à l'héritage.* C'était un droit de conquête, droit d'épée, qui ne pouvait convenir aux femmes. Un long usage le changea avec le temps en *loi fondamentale* du royaume.

La Bourgogne était un royaume à part qui enrichit considérablement de monastères. Gontran, dont le règne fut long, fit confirmer *par le concile de Valence que personne n'a droit à la reprise des donations, et que si quelqu'un ose y porter atteinte, il sera frappé d'anathème, comme sacrilège et meurtrier des pauvres. En effet, dans les calamités publiques*, les églises servaient de refuge, et les biens, même *les vases consacrés d'or et d'argent*, vendus pour soulager les besoins du peuple. Si l'on médite le gouvernement monarchique d'alors, on sera convaincu que sans l'autorité du pape et celle des évêques, l'Europe eût été une arène où les hommes eussent été jetés pour y nourrir les bêtes féroces. Les reines Frédégonde et Brunehaut ont dépassé les Messalines, les Athalies en cruauté, libertinage et guerres civiles. Les souverains avaient le despotisme des satrapes. Le roi Gontran, que l'Église sut s'attacher, est reconnu comme *saint et excellent roi;* cependant, ayant épousé successivement deux femmes (Frédégonde fut une de ces furies), il jura pendant la maladie d'une d'elles de faire mourir les médecins s'ils ne la guérissaient pas, et il remplit ce serment. Il fit mettre le feu à la maison de l'évêque, parce qu'il avait donné l'hospitalité au duc Boson qui avait encouru sa haine. L'évêque se sauva à travers les flammes. Un buffle fut tué dans une forêt royale; Chundon, chambellan du roi, est accusé; il se réfugie dans l'église d'où le roi le fait arracher pour être lapidé. Si à de pareilles mœurs le christianisme n'eût offert une attraction divine et ne fût devenu un tronc protecteur et conservateur des terres à défricher, des trésors à répandre et à fructifier par des communautés laborieuses, et mère des faibles contre les forts, l'esprit humain perdait sous une organisation territoriale toute civilisation. L'œuvre de la conversion au christianisme était difficile; on dut admettre beaucoup d'hypocrites besoigneux, beaucoup de criminels offrant l'espoir du repentir, beaucoup de braves féroces par nature, mais éprouvés par les bienfaits nouveaux des eaux salutaires du baptême et des exhortations apostoliques.

Pépin sacré par saint Boniface, on demanda à cet évêque si l'on pouvait se servir de calices de bois; il répondit : Longtemps on eut des prêtres d'or qui sacrifiaient dans des calices de bois; maintenant les prêtres sont de bois et sacrifient dans des calices d'or.

Pépin chassa les Sarrazins, battit les Saxons qui avaient renvoyé les missionnaires. Cette époque est celle où les papes prennent leur rang parmi les têtes couronnées.

Le pape Zacharie mourut; Étienne III lui succède. Astolphe, roi des Lombards, envahit l'exarcat de Ravenne dépendant des empereurs de Constantinople; il s'étendait jusqu'à la ville de Rome. Les Romains voulaient s'affranchir de la domination de l'empereur. Le pape vint en France. Pépin se fait de nouveau sacrer des mains d'Étienne et l'accompagne en Italie. Il impose des conditions de paix à Astolphe, et donne l'exarcat au Saint-Siége. Paul Ier succède à Étienne. A sa mort, Toton fit élire à main armée son frère Constantin, encore laïque; mais le peuple de Rome se révolta contre le faux pape, lui creva les yeux, et l'on élut Étienne IV. (*OEdipe.*)

Pépin-le-Bref (1) était de petite taille, ce qui le fit nommer *le Bref*, mais il était d'une force extraordinaire. Il imagina ce moyen presqu'incroyable pour imprimer du respect à la noblesse qui était envers lui altière et indisciplinée. Il donna le divertissement d'un combat d'un lion avec un taureau. Voyant le taureau terrassé par le lion : Qui de vous, dit-il, osera les séparer ou les tuer? Chacun resta muet. Alors il s'élance le sabre à la main, coupe la gorge au lion, et d'un autre coup abat la tête du taureau.

(Extrait de l'*Histoire* de l'abbé Millot.)

Pépin eut deux fils, Charles et Carloman; le dernier mourut bientôt (771). Son frère reste tranquille possesseur du royaume.

Didier, roi des Lombards, pour s'attacher le jeune héros, lui offre sa fille; des intérêts faisaient désirer cette alliance à laquelle le pape s'opposait (Charles était marié). Il représenta que le danger de l'alliance avec les Lombards *serait la lèpre.* Malgré tout, Charlemagne divorça et épousa la fille de Didier qu'il répudia bientôt. Adrien Ier succéda à Étienne IV. La guerre se ranime entre les Lombards et la France. Les Saxons, ayant à leur tête le fameux Witikind, sont subjugués. Pour les dompter entièrement, leur vainqueur les disperse en Suisse et en Flandre. Sous Philippe-le-Valois, c'était un proverbe que *Charlemagne, en mêlant les Saxons aux Flamands, d'un diable en avait fait deux.*

Dès le commencement du septième siècle, le fanatique Mahomet avait prêché aux Arabes ou Sarrazins sa religion, dont le plan est attribué à des chrétiens infidèles. Roderic, roi visigoth d'Espagne, appela, en 715, les Sarrazins établis en Afrique, pour le soutenir contre le comte Julien dont il avait déshonoré la fille et qui lui déclarait la guerre. Exemple terrible! les auxiliaires se rendent maî-

---

(1) Sur le tombeau de Pepin on ne mit pour inscription que :

Ci gît le père de Charlemagne.

(Note du *Poème de Charlemagne*, par MILLEVOYE.)

tres de l'Espagne et veulent envahir la Gaule. Le premier orage tomba sur Eudes, duc d'Aquitaine, battu quelques années avant par Charles-Martel qui défit les Sarrazins. Charlemagne acheva de les chasser. Cette époque est celle du poème de *l'Arioste* consacré à Roland, neveu du roi de France.

Un des plus fameux établissemens de Charlemagne, empereur et roi, est celui des écoles pour enseigner la grammaire, l'arithmétique et le chant ecclésiastique (que saint Grégroire, pape au cinquième siècle, avait choisi dans la musique grecque et qui fut nommé *Chant grégorien*).

La réputation de Charlemagne pénétra jusqu'au calife Aaron-al-Raschild, célèbre par ses victoires et son amour pour les sciences. Il envoya deux ambassades au roi de France; on admira parmi ses présens une *horloge sonnante*, le *premier orgue* et le *premier éléphant* qui eussent paru en France. De plus, *son anneau*. Les Arabes étaient supérieurs en industrie aux Français. Ils cultivaient l'*astronomie*, la *médecine*, la *chimie*. Les horloges sonnantes ne furent connues qu'au quatorzième siècle ; des hommes étaient chargés de crier les heures de la nuit.

L'empereur, sur la fin de sa vie, eut le chagrin de prévoir les ravages des Normands. On appela ainsi les peuples qui habitaient le Danemarck, la Suède et la Norwège, pirates intrépides qui faisaient des courses sur les frontières, et qui, s'établissant dans la province, y portèrent leurs idiomes.

Les capitulaires de Charlemagne posent les limites des choses spirituelles et temporelles.

Charlemagne établit l'usage de compter par livres, sous et deniers.

Le latin, qui était devenu la langue vulgaire depuis que les Romains avaient subjugué la Gaule, cessa de l'être au neuvième siècle. La langue romane lui succéda, jargon formé du latin, de l'italien et de l'espagnol, et où l'on aperçoit à peine quelque mélange de mots *celtiques* ou *tudesques*. La Bretagne conserve beaucoup de ce dialecte.

Le roman était la langue d'alors. Les écrivains sous Louis XIV en ont fait la principale langue de l'Europe.

(*Histoire de France*, par l'abbé Millot.)

La fontaine *Lechi*. Lieu de la Palestine ainsi nommé à cause de la mâchoire d'un âne dont Samson fit usage contre les Philistins, et avec laquelle il en tua mille. Il la jeta ensuite et nomma ce lieu Ramath-Lechi, qui signifie *l'élévation de la mâchoire*. Pressé par la soif après cette expédition, il dit au Seigneur qu'il mourait de soif et qu'il allait tomber entre les mains des Philistins; le Seigneur ouvrit une des grosses dents de la mâchoire, et il en sortit une fontaine qui suffit à le désaltérer et qui conserva le nom de Lechi ou de la Mâchoire. Selon D. Calmet, comme les Hébreux appelaient dents les rochers nuds et escarpés, cela a donné occasion de dire que la fontaine était sortie d'une dent de la mâchoire dont Samson s'était servi, quoique ce fût du rocher, ce qui est toujours miraculeux. La fontaine a longtemps subsisté, et subsiste sans doute encore. Glycas et le martyr Antonin disent qu'on la voyait au faubourg d'Eleutheropolis.

C'est *le vénérable* Desmasure, père latin du Saint-Sépulcre, qui m'a mis dans les mains le *Dictionnaire historique portatif de la Géographie sacrée ancienne et moderne*, pour y transcrire *les notes d'un savant ouvrage* qu'il fait sur la Palestine et d'où je tire ce document, qui prouve que la nuée du Seigneur est locale et que les *termes* des *langues sacrées* hébraïques et latines sont les matrices du cerveau de l'esprit.

Tout le monde connaît la corde atmosphérique de la peau d'âne qui séche ou s'humecte au degré intense ou humide : *c'est le capuchon du Capucin*, baromètre *à bon marché*.

On n'étudie pas assez les bizarreries idolâtres. Par exemple, le *Kissy* (mytholog. *Afri*) est une statue de 6 pouces de hauteur au plus et de 3 pour le moins. La face est la seule chose que l'on puisse reconnaître, le reste est informe et grotesque; elle est surmontée d'un bonnet pointu orné d'une petite plume consacrée; plusieurs petits morceaux d'étoffes de la plus dégoûtante malpropreté, attachés ou collés à l'idole, forment son habillement; le tout est enduit d'une croûte de poudre rouge : la figure surtout est saupoudrée de poussière de diverses couleurs.

Lorsqu'un noir boit ou mange, un serviteur fait essai des mets et de la boisson, précaution que le maître prend contre ses domestiques; ils appellent cela *tama'm kissy* (tirer la fétiche). Après ces essais, il mange ; et pour se prémunir contre ses ennemis secrets ou étrangers, il remplit sa bouche des mets qui lui sont présentés, et après les avoir bien mâchés, il les crache à la figure de l'idole qui reste ainsi barbouillée pendant le repas. Il en fait de même de son vin de palme, après quoi il reste persuadé qu'il ne peut être empoisonné. Cette petite statue, toujours arrosée de la sorte et jamais nettoyée, finit par être très sale, ce qui n'est pas un inconvénient pour le noir congo. N'est-ce pas un fils de Cham conservant du banquet la mémorable scène du limon, flot du Nil, jeté sur son père ?

Mahomet, faux prophète et fondateur de la religion mahométane, naquit à la Mecque, au mois de mai, de parens pauvres, mais d'une naissance illustre. Abdala, son père, était idolâtre, s'appelait Emine. Il perdit son père et sa mère, et fut élevé par son oncle Abutaleb. Celui-ci le mit au service de Cadige, veuve d'un riche marchand qui commerçait en Syrie ; cette femme en devint amoureuse et l'épousa. Il avait alors vingt-cinq ans. Mahomet eut trois fils qui moururent jeunes, et quatre filles qu'il maria avantageusement. Il était épileptique ; il fit accroire qu'il ne tombait dans les convulsions qu'à cause qu'il ne pouvait soutenir la présence de l'ange Gabriel qui lui venait annoncer de la part de Dieu plusieurs choses concernant la religion. On publia alors que Mahomet était un grand prophète, ce qui lui attira des disciples. Les magistrats de la Mecque, effrayés de ses discours, résolurent de se défaire de lui ; il prit la fuite. C'est de là que les Mahométans comptent les années de l'Hégire, mot arabe qui signifie *fuite*. Elle commence le 16 juillet 622.

Mahomet croyait à l'immaculée conception de la Sainte-Vierge (c'est dans son Alcoran). Il a sans doute pris cette croyance des chrétiens orientaux. Saint Bernard est le premier écrivain latin qui en ait parlé en termes formels, ce qui fait conjecturer que ce furent les croisés qui rapportèrent en Occident cette pieuse croyance au douzième siècle. Il est bien étonnant que l'Alcoran de Mahomet soit le plus ancien ouvrage où il soit traité de l'immaculée conception de la Sainte-Vierge ; la meilleure traduction de ce livre fameux qui renferme les lois et la religion musulmane, est de Maracis, en arabe et en latin. Il ne nie point les miracles de Jésus-Christ, et il reconnaît la divinité de l'Évangile. *(Dictionnaire historique.)*

Charlemagne ou Charles Ier, Carolus Magnus, roi de France premier empereur d'Occident, est l'un des plus grands princes qui aient régné en Europe. Il naquit à Salsbourg, château de la Haute-Bavière, vers l'an 742. Il était fils aîné de Pépin-le-Bref et de Bertrade; il fut couronné à Noyon. Il défit Hunald, duc d'Aquitaine, et devint seul roi de France par la mort de Carloman. Il remporta une grande victoire sur les Saxons, près d'Osnabruck, passa en Italie avec une puissante armée, prit Pavie, défit Didier, roi des Lombards, l'emmena prisonnier en France et mit fin au royaume de Lombardie. Il retourna encore contre les Saxons révoltés qui éprouvèrent, à leur malheur, que la religion chrétienne n'avait pas détruit l'humeur sanguinaire des rois francs, car, en un seul jour, il en fit décoller quatre mille cinq cents, exécution qui les éloigna plus que jamais de se soumettre à lui. Il vint à bout de les dompter dans une guerre qui ne finit qu'au bout de trente-trois ans. Après avoir contraint Witikind, leur roi, de se faire baptiser, Charlemagne passa ensuite en Espagne, contre les Sarrazins, sur lesquels il emporta Huesca, Barcelone et plusieurs autres places importantes. En s'en retournant, l'arrière-garde de son armée fut défaite à Roncevaux, où périt le fameux Roland et grand nombre d'autres braves officiers. Charlemagne retourna en Italie en 781, et fit couronner par le pape Adrien ses deux fils Pépin et Louis, le premier roi d'Italie et le second roi d'Allemagne. Il envoya Herbert prêcher la foi en Suède, soumit la Grande-Bretagne, défit Aragise, duc de Benevent, et Tassillon, duc de Bavière, et dompta les Huns et les Arabes. Léon III le couronna empereur à Rome, le jour de Noël, en 800. Charlemagne prit alors les noms d'Auguste et de César, avec *l'aigle romaine.* (Les trois crapauds furent originairement l'étendard national des Gaulois.) Nicéphore, empereur d'Orient, consentit à ces titres d'honneur et les bornes des deux empires furent fixées. Depuis ce temps, Charlemagne s'appliqua à faire fleurir dans ses états les bonnes mœurs, la religion et les sciences. Il attira les savans en France, introduisit le chant grégorien dans les églises de son empire. Il mourut et fut enterré à Aix-la Chapelle, à 72 ans. Il n'imita pas les rois de la première race qui épousaient plusieurs femmes à la fois, mais il les répudia et en épousa de nouvelles.

(*Dictionnaire historique.*)

Modèle du Tabernacle.

1° Tu feras aussi un pavillon de dix rouleaux de fin lin retors, de pourpre, d'écarlate et de cramoisi; et tu les feras semés de chérubins d'un ouvrage exquis. 2° La longueur d'un rouleau sera de vingt-huit coudées, et la largeur du même rouleau de quatre coudées; tous les rouleaux auront une même mesure. 3° Cinq de ces rouleaux seront joints l'un à l'autre, et les cinq autres seront aussi joints l'un à l'autre. 4° Fais aussi des lacets de pourpre sur le bord d'un rouleau, au bord du premier assemblage; et tu feras la même chose au bord du dernier rouleau, dans l'autre assemblage. 5° Tu feras donc cinquante lacets en un rouleau, et tu feras cinquante lacets au bord du rouleau qui est dans le second assemblage; les lacets seront vis-à-vis l'un de l'autre. 6° Tu feras aussi cinquante crochets d'or, et tu attacheras les rouleaux l'un à l'autre avec des crochets; ainsi sera fait un pavillon. 7° Tu feras aussi des rouleaux de poil de chèvre pour servir de tabernacle par-dessus le pavillon; tu feras onze de ces rouleaux. 8° La longueur d'un rouleau sera de trente coudées, et la largeur du même rouleau sera de quatre coudées; les onze rouleaux auront une même mesure. 9° Puis tu joindras cinq rouleaux à part, et six rouleaux à part; mais tu redoubleras le sixième rouleau sur le devant du tabernacle. 10° Tu feras aussi cinquante lacets sur le bord de l'autre rouleau qui est accouplé. 11° Tu feras aussi cinquante crochets d'airain, et tu feras entrer les crochets dans les lacets; et tu assembleras ainsi le tabernacle tellement qu'il ne soit qu'un. 12° Mais ce qu'il y aura de surplus du rouleau du tabernacle, savoir la moitié du rouleau qui demeurera de reste, flottera sur le derrière du pavillon. 13° Et une coudée de çà, et une coudée de là, de ce qui sera de surplus dans la longueur des rouleaux du tabernacle, flottera au côté du pavillon, çà et là pour le couvrir. 14° Tu feras aussi pour ce tabernacle une couverture de peaux de moutons teinte en rouge, et une couverture de peaux de taissons (blaireaux) par dessus. 15° Et tu feras pour le pavillon des ais de bois de Sittim qu'on fera tenir debout. 16° La longueur d'un ais sera de dix coudées, et la largeur du même ais d'une coudée et demie. 17° Il y aura deux tenons (bout d'une pièce qui entre dans une mortaise : pièce de fusil) dans chaque ais, en façon d'échelons, l'un après l'autre ; et tu feras ainsi de tous les ais du pavillon. 18° Tu feras donc les ais du pavillon ; savoir, vingt ais au côté qui regarde vers le midi. 19° Et au-dessous des vingt ais, tu feras quarante soubassemens d'argent : deux soubassemens sous un ais pour ses deux tenons, et deux soubassemens sous l'autre ais pour ses deux tenons. 20° Et vingt ais à l'autre côté du pavillon, du côté du septentrion. 21° Et leur quarante soubassemens seront d'argent, deux soubassemens sous un ais et deux soubassemens sous l'autre ais. 22° Et pour le fond du pavillon, vers l'occident, tu feras six ais. 23° Tu feras aussi des ais pour les encoignures du pavillon aux deux côtés du fond. 24° Et ils seront égaux par le bas, et ils seront joints et unis par le haut avec un anneau ; il en sera de même des deux ais qui seront aux deux encoignures. 25° Il y aura donc huit ais (planches) et seize soubassemens d'argent : deux soubassemens sous un ais et deux soubassemens sous l'autre ais. 26° Après cela, tu feras cinq barres de bois de Sittim pour les ais d'un des côtés du pavillon. 27° Pareillement tu feras cinq barres pour les ais de l'autre côté du pavillon, et cinq barres pour les ais du côté du pavillon pour le fond, vers le côté de l'occident. 28° Et la barre du milieu sera au milieu des ais, courant d'un bout à l'autre. 29° Tu couvriras aussi d'or les ais, et tu feras leur anneau d'or pour mettre les barres, et tu couvriras d'or les barres. 30° Tu dresseras donc le tabernacle selon la forme qui t'en a été montrée en la montagne. 31° Et tu feras un voile de pourpre, d'écarlate, de cramoisi et de fin lin retors ; on le fera d'ouvrage exquis, semé de chérubins. 32° Et tu le mettras sur quatre piliers de bois de Sittim couverts d'or, ayant leurs crochets d'or, et ils seront sous quatre soubassemens d'argent. 33° Puis tu mettras le voile sous les crochets, et tu feras entrer là-dedans, c'est-à-dire, au-dedans du voile, l'arche du témoignage, et ce voile vous sera la séparation d'entre le lieu saint et le lieu très saint. 34° Et tu poseras le propitiatoire sur l'arche de témoignage, dans le lieu très saint. 35° Et tu mettras la table au-dehors de ce voile, et le chandelier vis-à-vis de la table, au côté du pavillon vers le midi ; et tu placeras la table au côté du septentrion.

Manne (myth. *rabb*). Les rabbins prétendent que cette nourriture miraculeuse était comme l'huile aux enfans, comme du miel aux vieillards, comme des gâteaux aux personnes robustes. Selon eux, elle avait tous les goûts possibles, hormis celui des poireaux, des oignons, de l'ail et des melons et concombres, parce que c'était là les divers légumes après lesquels le cœur des Hébreux soupirait et qui leur faisaient si fort regretter la maison de servitude. Ils lui ont même accordé tous les parfums des divers aromates dont était rempli le paradis terrestre. Quelques-uns même ont été jusqu'à assurer que la manne devenait poule, perdrix, chapon, ortolan, etc. Selon ces mêmes rabbins, chaque grain de la manne portait la lettre *van*, fort bien représentée, pour en marquer qu'il fallait la ramasser durant six jours, parce que cette lettre signifie le nombre *six*, symbole chez eux de la peine et du travail. Elle était une des six choses créées sur la fin du sixième jour pour la perfection du monde. Ils ajoutent au récit de Moïse que les monceaux de manne étaient si hauts et si élevés qu'ils étaient aperçus par les rois d'orient et d'occident. Akiba prétend que la manne avait été produite par l'épaississement de la lumière céleste qui, devenue matérielle, était propre à servir de nourriture à l'homme. Les Orientaux, en général, ont pour la manne une vénération particulière, et la nomment la dragée de la Toute-Puissance.

Van ou Ven.

Van, instrument pour nettoyer le grain. C'était un symbole mystique de Bacchus, parce que ceux qui étaient initiés à ses mystères, avaient dû être purifiés de leurs vices par les épreuves qui précédaient l'initiation, comme le blé est séparé de la paille par le moyen du van. On donnait aussi ce symbole à *Horus*, comme dieu du labourage. Chez les Grecs, on mettait les nouveau-nés dans un van, parce qu'on croyait qu'un van avait servi de berceau à Jupiter et à Mecure.

Van ou ven (myth. *ori*). Ce mot signifie, dans la langue du Mogol et de Kathay, le nombre de dix mille ans. Ce nombre est composé de plusieurs autres périodes de soixante ans qui portent le même nom. Ces cycles (certaines périodes ou suite de nombres qui procèdent par ordre jusqu'à un certain nombre, et qui reviennent ensuite les mêmes sans interruption) ont trois noms différens ; étant finis, on reprend le premier, puis le deuxième et le troisième, et l'on continue toujours à compter jusqu'à ce qu'on soit arrivé au nombre de dix mille qui compose le grand van. Selon la supputation des Mogols, l'an 847 de l'Hégire tombait au 8,863e van de 10,000 ans, de sorte que, jusqu'à cette année de l'Hégire, il y aurait 88 millions 639 mille 860 années écoulées depuis la création du monde.

On doit penser qu'Adam n'a été créé que le sixième jour et que bien du temps s'est écoulé jusqu'à la naissance d'Ève. Jean-Jacques, dans son *Vicaire*, cite les relations de M. de la Condamine qui parle d'un peuple qui ne savait compter que jusqu'à trois. Cependant les hommes qui composent ce peuple ayant des mains, avaient souvent aperçu leurs doigts sans compter jusqu'à cinq.

La Kaaba (myth. *Mahométane*). Au milieu d'un espace que renferme le temple de la Mecque, s'élève un édifice carré d'environ 15 pieds, un peu plus haut que long et large ; on ne voit de ce bâtiment qu'une étoffe de soie noire dont les murailles sont entièrement couvertes, à l'exception de la plate-forme qui sert de couverture à la maison et qui est d'or coulé en table : elle sert à recevoir les eaux du ciel qui n'en verse que très rarement sous ce climat. C'est là ce bâtiment célèbre chez les Musulmans, qui le mettent au-dessus de tous les édifices que les maîtres du monde ont élevés avec tant de travaux et de dépenses. « Abraham, disent-ils, construisit cette maison dans le temps de ses persécutions, Dieu lui ayant révélé qu'il avait choisi ce lieu-là de toute éternité pour y placer sa bénédiction. » C'est ce même bâtiment dont Ismael hérita de son père. On y montre encore son tombeau. Enfin, c'est la sainte maison connue sous le nom de la Kaaba ou maison carrée, vers laquelle tous les mahométans adressent leurs vœux et leurs prières. Cette Kaaba n'est au reste construite que de pierres du pays, assemblées et liées par un simple mortier de terre rouge que le temps a durci. Le jour n'y entre que par le côté oriental, où est une ouverture en forme de porte. Cette porte est fermée de deux battans d'or massif, attachés à la muraille par des gonds et des pentures du même métal. Le seuil est d'une seule pierre sur laquelle tous les pélerins viennent humilier leur front. La porte s'ouvre rarement, parce que l'intérieur ne renferme rien qui puisse augmenter la dévotion des pélerins. On n'y voit que de l'or qui couvre les deux planchers d'en haut et d'en bas, aussi bien que les murailles. Cette pierre est, dit-on, un fragment de la statue de Saturne, placée sur la Kaaba même, *et qui fut brisée, ainsi que toutes les autres figures emblématiques des astres, par ordre de Mahomet. On sait que Saturne était la principale divinité des Arabes.*

Kébleh-nama ou *numa* (myth. *mah.*). Boussole que les Persans et les Turcs portent ordinairement sur eux pour se tourner, en faisant leur prière, du côté du tombeau de leur prophète. Jadis le Keblah ou Kébleh était la partie du monde vers laquelle ils se tournaient en faisant leurs prières, et l'action même de se tourner vers le temple de Jérusalem ; maintenant c'est vers la Mecque. Le tombeau du faux prophète est soutenu de quatre émaux.

Aimant (dict. *pierre qui attire le fer*). La pierre nommée aimant donne d'excellent fer : le fer azuré, le fer carbonaté vert, qui servent à fabriquer le bleu de Prusse et d'autres belles couleurs.
Élémens d'Hist. nat., par A. Salacroux.)

De tout temps on a connu la propriété qu'a l'aimant d'attirer le fer. Talès, frappé d'un effet si constant, prêtait une âme à cette pierre. Platon, Aristote et Pline ont parlé de la même attraction ; mais ni eux, ni d'autres, jusqu'au onzième ou même jusqu'au commencement du douzième siècle, n'ont connu que l'aimant suspendu ou nageant sur l'eau par le moyen d'un liége, qui tourne toujours un de ses côtés, et toujours le même côté, vers le nord. Celui même qui fit cette remarque en demeura là : on ne comprit ni l'importence ni l'usage de son admirable découverte.

Ces deux propriétés d'attirer le fer et de regarder le nord étant connues, quelques curieux réitérèrent les expériences, et en faisant nager dans un vase plein d'eau un morceau de fer et un aimant posés sur des supports de liége pour les laisser agir l'un vers l'autre sans obstacle, ils remarquèrent que quand le morceau de fer avait frotté contre l'aimant, ce fer avait aussi la vertu de se tourner vers le nord et d'attirer, comme l'aimant, des aiguilles et des paillettes de fer. D'expérience en expérience, ils vinrent jusqu'à coucher une aiguille aimantée sur deux brins de paille posés sur l'eau, et à remarquer que cette aiguille tournait invariablement sa pointe vers le nord. Ils prenaient la route de la grande découverte ; mais ce n'est pas encore là ce qu'on appelle la boussole.

Le premier usage que les curieux firent de cette découverte, fut d'en imposer aux simples par des apparences de magie. Par exemple, un petit cygne d'émail creux, nageant par ce moyen sur l'eau d'un vase où on le posait et portant à son bec un lézard ou un serpenteau de fer, ne manquait pas de courir après un morceau de pain qu'on lui présentait au bout d'un couteau : il suivait fidèlement les allées et venues du couteau et jetait dans l'étonnement tous les spectateurs qui ignoraient que le couteau eût acquis la propriété d'attirer le fer par l'attouchement de l'aimant. Le prétendu magicien achevait de convaincre l'assemblée de son pouvoir, en commandant à une aiguille couchée à fleur d'eau de détourner sa pointe de l'orient ou du midi et de l'amener vers tel point du monde, vers l'étoile polaire, ce qui était exécuté sur-le-champ. Des esprits plus sérieux appliquèrent enfin cette expérience au besoin de la navigation ; et un poète du douzième siècle (1) nous apprend que nos pilotes français faisaient usage d'une aiguille aimantée ou frottée à une pierre d'aimant, qu'ils nommaient *la marinette*, parce que cette pierre glissée plusieurs fois d'un même sens et par le même côté sur une aiguille de fer, communiquait à celle-ci la vertu de se tourner vers l'étoile immobile que nous appelons l'étoile polaire, ce qui réglait les mariniers dans les temps nébuleux.

Icelle étoile ne se muet,
Un art font qui mentir ne puet,
Par vertu de la Marinette.
Une pierre laide noirette,
Où li fer volontiers se joint, etc.

---

(1) *Guyot de Provins* qui se trouva à la cour de l'empereur *Frédéric*, tenue à Mayence, 1181.

Bientôt après, au lieu d'étendre, comme on le faisait, les aiguilles sur la paille, ou sur le liége, à la surface de l'eau que le mouvement du vaisseau tourmentait trop, un ouvrier intelligent s'avisa de suspendre sur un pivot ou sur la pointe immobile le juste-milieu d'une aiguille aimantée, afin que, se balançant en liberté, elle suivît l'attrait qui la ramène vers le pôle. Un autre, enfin, dans le quatorzième siècle, conçut le dessein de charger cette aiguille d'un petit cercle de carton fort léger, où il avait tracé les quatre points cardinaux accompagnés des traits des principaux vents, le tout divisé par les 360 degrés de l'horizon. Cette petite machine légèrement suspendue dans une boîte, qui était suspendue elle-même, à peu près comme la lampe des mariniers, répondit parfaitement aux espérances de l'inventeur, parce qu'en dirigeant vers le nord la fleur de lys qui marquait le nord, elle tenait tous les autres points de la rose correspondans à ceux du monde qu'ils désignaient, et le vaisseau avait beau changer de situation, l'aiguille, toujours fidèle à revenir au nord, montrait toujours, par les points de la figure tracée, le côté où l'on tendait et les vents dont on avait à se défendre.

Mais, il est de cette invention comme des moulins, de l'horloge et de l'imprimerie, on ne sait pas le nom de l'inventeur, parce que plusieurs y ont pris part. Ces choses n'ont été découvertes que par partie, et amenées peu à peu à une plus grande perfection.

On voit par là ce qu'on doit penser de la dispute qui subsiste encore entre diverses nations, qui revendiquent l'invention de la boussole. Les Italiens décident que c'est *Flavio Gisia*, qui en 1302 construisit à Memphi, au royaume de Naples, la première boussole qui ait paru. Les Français sont bien éloignés d'acquiescer à ce jugement : ils allèguent qu'on trouve chez eux dès le douzième siècle l'usage de l'aiguille aimentée pour régler la navigation. Ils ajoutent que si l'on met partout une fleur de lys pour marquer le nord, soit dans le carton mobile, dont les mariniers changent l'aiguille, soit dans la rose des vents qu'on attache sur le pivot de l'aiguille au fond de boussoles sédentaires, c'est parce que toutes les nations ont copié les boussoles sorties des mains d'un ouvrier français.

Les Anglais s'attribuent, sinon la découverte même, au moins l'honneur de l'avoir perfectionnée par la façon de suspendre la boîte où est l'aiguille aimentée; ils disent que tous les peuples l'ont reçue d'eux portant les noms *de compas de mer* ou *cercle des gens de mer*, de deux mots anglais *mariner's compass;* et que de leur mot *boxel*, petite boîte, les Italiens ont fait leur *bossola*, comme ils changent le nom d'*Alexandre* en celui d'*Alissandro.*

D'autres en font l'honneur aux Chinois. Mais comme encore aujourd'hui on n'emploie l'aiguille aimantée en *Chine* qu'en la faisant nager sur un support de liége, comme on faisait autrefois en Europe, on peut croire que *Marco Paolo* ou d'autres *Vénitiens*, qui allaient en Chine par la mer Rouge, ont fait paraître dès le treizième siècle jusqu'au fond de l'Asie cette expérience importante dont différens pilotes ont ensuite perfectionné l'usage.

L'aiguille aimantée, outre sa direction vers le nord, a de plus deux mouvemens : l'un de *déclinaison*, par lequel elle s'écarte de quelques degrés de la vraie ligne méridienne, ou de l'ombre d'un style vertical à midi; l'autre d'*inclinaison*, par lequel elle baisse vers la terre sa pointe septentrionale, comme si cette pointe était plus lourde étant aimantée, ce qui oblige à charger un peu l'extrémité méridionale de l'aiguille pour la tenir posée horizontalement et dans un parfait équilibre.

On se précautionne par la connaissance de la quantité de cette déclinaison, qui demeure assez la même d'une année à l'autre, quelquefois plusieurs années de suite, pour se mettre en règle comme si elle ne déclinait point; et quoique la connaissance de l'inclinaison ait été jusqu'ici infructueuse, on ne désespère point d'en pouvoir un jour mettre à profit la régularité.

Les grands physiciens sont fort partagés sur les causes de ces différentes directions de l'aimant; mais il y a une vérité que je comprends beaucoup mieux que tous leurs systèmes, qui est que Dieu nous a déchargés d'un grand soin et nous a épargné de bien dangereuses distractions en nous accordant l'usage des choses sans nous en faire connaître la structure et les raisons.

(*Spectale de la nature*, par Pluche.)

Clavus annalis. Clou que le préteur, les consuls ou les dictateurs fichaient tous les ans au côté droit de l'autel dans le temple de Jupiter, le 13 de septembre, pour marquer le nombre des années. (Tite-Live. *Noël.*)

Géminus. Surnom de Janus, pris de ses deux faces. Janus, dont les fêtes se célébraient à Rome, le 1er janvier, par des danses et d'autres réjouissances publiques. Les citoyens se paraient de leurs plus beaux habits, les consuls à la tête, en robes de cérémonie. On se faisait des présens et d'heureux souhaits. On offrait à Janus des dattes, des figues, du miel et une sorte de gâteau nommé Janual. Les Janualis étaient des vers que chantaient les Saliens en l'honneur de Janus, qui devaient être aussi libres que les vers saturniens. Le règne de Janus fut pacifique, ce qui le fit depuis regarder comme un symbole de la paix. Il a un double visage, parce qu'il exerce son empire sur la terre, sur le ciel et sur la mer. Sur le revers de ses médailles, on voyait un navire.

Ambre. L'*ambre gris* provient des cachalots, ainsi que le blanc de baleine (mammifère cétacé). L'ambre gris est un parfum de consistance variable qu'on trouve tantôt contenu dans les intestins de l'animal, tantôt flottant à la surface des mers qu'il fréquente, et quelquefois gisant sur les rivages déserts; mais on ignore s'il se forme dans l'intérieur de son corps ou s'il a été d'abord avalé, puis rejeté. Quoi qu'il en soit, c'est une substance fort recherchée en médecine et en parfumerie. *Ambre jaune* ou *succin*, bitume qui brûle en répandant une odeur suave, qu'on emploie soit en médicament, soit comme ornement de toilette. (Salacroux.)

Flamines. Classe de prêtres instituée à Rome par Romulus. Les flamines n'étaient que trois dans l'origine, ensuite multipliés jusqu'à quinze. Leurs filles étaient exemptes d'être prises pour vestales. Leurs bonnets, faits de peaux de brebis, s'attachaient sous le menton; ils étaient surmontés d'une grosse houppe de fil ou de laine, qui se nomma filamine ou flamine, dérivant de *flamineum*, mot latin qui signifie *couleur de feu.*

Rheims. Ville très ancienne de France et capitale de la Champagne. Quelques vieux romans la disent avoir été bâtie de Rémus, frère de Romulus; d'autres attribuent sa fondation à Rhémus, vingt-troisième roi des Gaules. Les Huns la ruinèrent. Elle fut rétablie et ennoblie à la conversion de Clovis, premier roi chrétien, qui y fut baptisé et oint par le saint chrème. Un ange survint miraculeusement du ciel en forme de colombe, tenant à son bec une ampoule pleine d'huile, soigneusement gardée dans l'église. Saint

Remy, pour lors son prélat. — Soissons, ville de l'Ile-de-France en Picardie, succursale de Rheims. Clotaire, puîné de Clovis Ier, en fut roi. Ce fut saint Sixte, disciple de saint Pierre, qui y jeta les fondemens du christianisme. (*Dict. théologique.*)

Babes. Les Anglais appellent *babes* les petits enfans, Babia étant la déesse de la jeunesse. Les mères lui offraient les leurs en sacrifice. Barbare superstition ! Notre religion, par saint François de Paule, les adopte ! — On connaît le culte de Saturne, le massacre des innocens, les Égyptiens exposant les enfans aux monstres du Nil, etc.

Amiante (minéralogie). On connaît plusieurs variétés d'*asbestes* ; la plus recherchée est l'amiante. Elle est composée de fils longs, soyeux et comme satinés. Elle a assez de souplesse pour pouvoir être filée et pour servir à faire des tissus, comme le lin et le chanvre. Quelquefois, cependant, on est obligé, pour pouvoir la filer, de la mêler avec du coton. Ces tissus sont précieux, en ce qu'ils peuvent résister au feu. C'est pour cela que les anciens la recherchaient tant, pour envelopper les morts qu'ils brûlaient et dont on conservait les cendres dans des urnes. On possède à Rome, à la bibliothèque du Vatican, un suaire de cette substance qui contient encore des cendres et des os. (Salacroux.)

Odin (myth. *Scandin.*), conquérant et législateur du nord, devenu le premier et le plus ancien des dieux, suivant l'Edda (livre qui contient les dogmes, la religion, etc. des Scandinaves et des autres peuples du nord). Il gouverne toutes choses, et les autres dieux, malgré leur puissance, le servent tous comme des fils servent leur père. On l'appelle le père universel, parce qu'il est le père de tous les dieux, comme le Jupiter des Grecs. On le nomme aussi le père des combats, parce qu'il adopte pour ses fils tous ceux qui sont tués les armes à la main, ce qui l'a fait prendre pour le Mars des Scandinaves. Il leur assigne pour séjour le palais de *Valhalla* et de *Vingolf*, et leur fait donner le nom de héros. Aussi les parens et les amis de ceux qui meurent dans les combats, leur criaient : « Puisse Odin te recevoir ! puisse-tu aller joindre Odin ! » On voit, par des inscriptions sépulcrales et par des oraisons funèbres qui subsistent encore, que dans certains pays septentrionaux l'usage était de recommander à Odin les âmes des morts en ces termes : « Odin te garde, cher enfant, ami fidèle et bon serviteur ! » Nous avons un cantique funèbre composé par quelque druïde ou barde germain, dans lequel le roi Lodbrog, fameux par ses exploits, se félicite de ce qu'il va bientôt aller, dans le magnifique palais d'Odin, boire de la bière dans le crâne de ses ennemis. Voici les épithètes que lui donne le Scalda (dictionnaire poétique des Islandais) : *le père des siècles, le sourcilleux, l'aigle, le père des vers, le tourbillon, l'incendiaire, celui qui fait pleuvoir les traits*, etc. Deux corbeaux sont placés sur ses épaules et lui disent à l'oreille ce qu'ils ont entendu ou vu : l'un s'appelle *Ugin*, l'esprit, et l'autre *Munnim*, la mémoire. Odin les lâche tous les jours, et après qu'ils ont parcouru le monde, ils reviennent le soir vers l'heure du repos. On l'appelle *le dieu des corbeaux*.

Odin avait à Upsal un temple magnifique dont le toit était entouré d'une chaîne d'or, et un autre en Islande, où on arrosait les assistans avec le sang des victimes. On commença par lui immoler des animaux et puis ensuite des hommes : on couchait la victime entre deux pierres énormes, où elle était écrasée, et le sang jaillissait....

Odinsdag était le jour consacré à Odin : c'était le mercredi.

(Noël.)

Allah (myth. *Mah.*), est le nom de Dieu répété deux fois.

Allad (myth. *scand.*), druïde et prophète habitant une caverne.

Allath (myth. *arabe*), une des trois filles du Roi suprême.

Ali (myth. *Mah.*), cousin et gendre de Mahomet et fondateur d'une des sectes mahométanes appelée Chia (surnom de Diane, adorée à Chio, dont la statue, disait on, regardait avec sévérité ceux qui entraient dans son temple, et avec satisfaction ceux qui en sortaient, soit que ce fût un effet d'optique, soit que ce prodige fût le produit de l'imagination) et adoptée par les Persans. Après la mort de Mahomet, Ali, qui prétendait lui succéder, eut pour rival Aboubuker, beau-père du prophète. Les deux concurrens se firent une guerre sanglante et donnèrent un sens différent à plusieurs passages du Coran. De là sont venues les deux sectes du mahométisme : Chia, qui est celle des Persans et dont Ali est l'auteur, et Sunni qui est celle des Turcs et qui a pour chef Aboubuker.

Eon ou *Eone*, siècle, nom que Valentin, hérésiarque du deuxième siècle de l'Église, donnait à son Dieu, et à toutes les productions de son Dieu. Il en admettait trente, dont il nommait le premier et le plus parfait *Proon*, c'est-à-dire préexistant, ou *Bythos*, profondeur. Ce Proon était seul avec *Ennoea*, pensée, que Valentin nommait aussi *Charis*, grâce, ou *Sighi*, silence. Bythos avec Sighé produisit *Noüs*, entendement, et *Alèthé*, la vérité, sa sœur. Noüs engendra deux Eons : *Logos*, le verbe, et *Zoé*, la vie ; et ces deux donnèrent le jour à deux autres : *Anthropos*, l'homme, et *Ecclesia*, l'Église. Ces huit Eons étaient les principaux de tous. Le verbe Logos et la vie Zoé en avaient engendré dix autres. L'homme et l'Église en avaient produit douze, entre lesquels étaient le Paraclet (1) (saint Esprit), la foi, l'espérance, la charité, le parfait, *Tététos*, et *Sophiè*, la sagesse. Voilà les trente Eons qui, tous ensemble, faisaient le *Pléroma*, ou plénitude invisible et spirituelle. Ces trente Eons, disaient les Valentiniens, étaient figurés par les trente années de la vie cachée du Christ. (Noël.)

Eon, sorte de chêne dont fut fait le navire Argo. La racine du mot est *aïôn*, durée. (Noël.)

Ephialtes, fameux géant, fils de Neptune et d'Iphimédie. Racine du mot : *epi*, sur ; *allomai*, je saute (Aloïdes).

Ephialtes, ce que les latins appellent *incubes*, espèce de songes dont on fait des divinités malfaisantes ; cauchemars.

Harpies. Monstres, enfans de Neptune et de la mer.

Un saule sans mausolée. Après la mort de Louis XVI et de la reine, on fit une gravure : un saule figurait par ses rameaux pleureurs le portrait de toute la famille des Bourbons.

Lamie, requin.

Lamie, fille de Neptune aimée de Jupiter, eut de lui Hérophile, une des Sibylles. Reine d'une extrême beauté, elle habitait un antre vaste et garni d'ifs et de lierre ; mais, en punition de la férocité de

(1) Héloïse après sa faute devint abbesse du Paraclet, couvent. Abeilard, son amant, en fut le fondateur. Le péché et la pénitence firent le véritable édifice de la retraite du Paraclet.

son caractère, elle fut transformée en bête sauvage. Ayant perdu tous ses enfans, elle tomba dans un tel désespoir qu'elle faisait enlever ceux des autres femmes d'entre leurs bras pour les massacrer. Cette femme était devenue si odieuse que les enfans craignaient d'en entendre prononcer le nom. Quand elle était ivre, elle permettait de faire tout ce qu'on voulait sans craindre de sa part aucun retour sur le passé; c'est pour cela qu'avant de boire elle mettait ses yeux dans un sac, c'est-à-dire que l'ivresse la plongeait dans un profond sommeil. (Noël.)

Fourmis d'Égine. Les Thessaliens honoraient ces insectes dont ils croyaient tirer leur origine; et la vanité des Grecs aimait mieux rapporter leur origine aux fourmis de la forêt d'Égine, que de reconnaître qu'ils étaient des colonies de peuples étrangers. La fourmi était un attribut de Cérès; elle fournissait matière aux observations des Augures. Voir *Eaque*, *Myrmidons*. (Myth. de Noël.)

Il n'est pas difficile de comprendre ce problème par celui de la machine électrique nommée *Electrophore*.

Les Myrmidons, nom donné aux habitans de l'île d'Égine, parce que de fourmis ils devinrent hommes (1) (Myth. 7), ou, comme le dit Strabon, parce qu'ils imitèrent les fourmis par leur intelligence et leur zèle pour les travaux de l'agriculture (Hyg.). (Noël.)

Extrait du spectacle de la nature de Pluche.

J'ai vu des fourmis porter et pousser des grains d'orge ou de froment plus gros qu'elles; mais je n'ai pu parvenir à trouver leur grenier. Tous les anciens en parlent, et Aldovrandus assure l'avoir vu. Les petits, au sortir de l'œuf, ne sont que des vermisseaux pas plus gros que des grains de sable. Après avoir, pendant quelque temps, eu la nourriture qu'on leur apporte en commun et qui leur est distribuée par portions égales, les petits font un fil et s'enveloppent d'une toile blanche, quelquefois jaune, cessent de manger et deviennent des chrysalides. *Bien des gens les prennent*

(1) Après le déluge de Deucalion

en cet état pour des œufs de fourmis ; mais ce sont des nymphes d'où sortent les jeunes fourmis.

Mare (ou mer), mot pris du latin *mare* qui, en général comme en particulier, signifie ce vaste amas d'eaux, la plupart salées, qui environnent le globe de la terre. Les Hébreux ont donné le nom de mer à tous les grands amas d'eaux, comme aux grands lacs et aux étangs; ainsi la mer de Tibériade, de Galilée, de Cénéreth, n'est autre que le lac de Génézareth ou de Tibériade dans la Galilée, la mer Morte du Désert d'Orient, de Sodome, du Sel ou Salée, Alphalitite ou de Bitume. Les Juifs nommaient la Méditerranée *mer occidentale*, ou *la grande mer*, ou *mer de derrière.* Le grand bassin de bronze que Salomon fit faire dans le temple pour la commodité des prêtres qui y lavaient les pieds et les intestins des victimes, etc., était aussi *une mer.* La mer Morte et la mer Rouge sont les deux mers dont il est le plus souvent parlé dans l'Écriture. (*Géographie sacrée.*)

Sabæ, ancien peuple de Perse, descendans de *Chus*, habitans de l'Arabie.

Mambré, vallée de la Palestine où l'on montrait encore au quatrième siècle le térébinthe sous lequel on dit qu'Abraham avait reçu les trois anges qui lui annoncèrent la naissance d'Isaac. Suivant l'historien Josèphe, ce térébinthe était là depuis le commencement du monde. On assurait qu'il était né du bâton d'un des trois anges, qui, planté en terre, y avait pris racine et s'était élevé à une grande hauteur. On ajoutait que, quoiqu'on y mît le feu et qu'il parût tout enflammé, il n'en était point endommagé.

Panne, graisse de porc, bout aplati du marteau, pièce de charpente; *mettre en panne*, c'est ralentir sa marche.

Lyre est un instrument de musique, veut dire aussi constellation et poisson. On sait que le douzième signe du zodiaque qui forme la constellation des poissons, porte Vénus et l'Amour; que Vulcain, regardé comme *le forgeron*, en était *les ides* (féeries, fêtes).

Palais de cristal. L'Arioste, qui voit saint Jean, actionne l'Apocalypse. Je n'avais pas lu le poète, me réservant de le lire en italien, et n'ayant pas eu assez de connaissances pour cela, l'improvisation m'a posée sur *Éphialtes* (cauchemars), *Épi-sauteur* (crapaudine).

Caryum (en Laconie), contrée du Péloponnèse qui s'étend vers les promontoires de Mallées et de Tenare dits *Capo malio* et *Capo metapan*. L'on y voit plusieurs beaux golfes; le plus large est celui que l'on nomme *Laconique*, aujourd'hui golfe de Colochine. La Laconie, jadis *Hécatompolis*, des cent cités qui y étaient. La rivière d'Eurotas, appelée à présent *Vasilopotamo*, passe par le milieu. C'est le plus beau pays de toute la Morée, où il y a de grandes campagnes très fertiles, mais mal aisées à cultiver à cause de l'âpreté du terroir causée par les monts qui l'environnent. Pline dit que la terre y est sujette aux tremblemens. Sa ville capitale est Lacédémone, nommée aussi Sparte. Touchant ses mœurs, police et religion, voyez *Lacédémone* (*Dict. théologique*). Tout le monde sait l'histoire du jeune enfant et du renard qu'il a volé à la table publique, où ce vol était permis, pourvu qu'on n'en connût rien, et qui se laissa manger le ventre sans crier.

Carya, *Caryatis*, étaient des fêtes qu'on y célébrait en l'honneur de Diane. Voici ce qui y donna lieu. De jeunes filles jouant dans le temple de Diane, à Caryum, s'aperçurent qu'il menaçait ruine. Elles s'élancèrent à un noyer et restèrent suspendues à ses branches. En reconnaissance, les jeunes filles se rassemblèrent dans la saison des noix, et formaient des danses inventées par Castor et Pollux. (Myth. de Noël.)

Les Caryatides sont des figures de femmes sans bras, vêtues de longues robes, servant d'appui aux entablemens. Voici l'origine de cet usage, ordinaire parmi les Grecs, de placer les Caryatides dans leurs édifices. Carye, ville du Péloponnèse, ayant été prise et ruinée par les autres Grecs, vainqueurs des Perses avec lesquels les Caryates s'étaient ligués, les hommes furent passés au fil de l'épée et les femmes emmenées en esclavage, où l'on contraignit les plus qualifiées à garder leurs longues robes et leurs ornemens. Dans la suite, pour éterniser la trahison et la honte des captives, les architectes les représentèrent dans les édifices publics chargées d'un pesant fardeau, image de leur misère. (Myth. de Noël.)

Le *maigre*, le *corb* et l'*ambrine*, poissons acanthoptérigiens, troisième famille des sciénoïdes, sous le nom de sciènes.

Le premier est le plus grand de tous et a près de huit pieds de long; il est plus commun dans la Méditerrannée que dans l'Océan. C'est l'espèce que les gourmands du moyen âge recherchaient avec le plus d'ardeur; sa tête surtout était un des plus friands morceaux qu'on pût servir sur les tables les plus somptueuses. Un trait rapporté par un historien d'Italie prouve en quel honneur il était à Rome dans les quinzième et seizième siècles. Un fameux parasite, nommé Tamiso, ayant appris qu'on avait donné aux conservateurs une superbe tête de ce poisson (maigre), se hâta de leur faire visite, dans l'espoir qu'ils le retiendraient à dîner; mais, comme il montait au Capitole, il rencontra les officiers des conservateurs qui portaient le précieux morceau à un cardinal, neveu du pape régnant et l'ami de notre parasite. Ravi que l'objet de sa convoitise fût destiné à un prélat auquel il pourrait sans façon demander à dîner, il court à son palais; mais à son arrivée, quel fut son désappointemement lorsqu'il entendit le cardinal dire à ses gens : « Il est juste que la tête d'un si beau poisson aille au plus grand cardinal; allez la porter à mon collègue de Saint-Séverin. » Cependant Tamiso ne se laisse pas décourager; mais comme il connaissait aussi le nouveau cardinal, il s'empresse de se rendre chez lui pour lui faire visite. Nouvel accident : saint Séverin, qui était criblé de dettes, fut bien aise d'offrir cette précieuse tête à son banquier. Nouvelle course pour Tamiso et nouveau désappointement; car le banquier l'envoya à un de ses amis qui demeurait dans le quartier opposé de Rome, de sorte que le gourmand, homme âgé et replet, se vit forcé de traverser encore la ville pour pouvoir goûter l'objet d'une si violente convoitise. (Extrait de Salacroux).

Le *pagel acanthoptérigien*, quatrième famille des Sparoïdes, dont les principaux genres sont : la *sargue*, le *pagre*, le *pagel*, d'un pied de long et qui est assez bien nuancé de blanc argenté et de rouge. (Salacroux.)

LA FIÈVRE SYMPATHIQUE.

CONFABULATIONS.

SECONDE LIVRAISON.

LA GRANDE CHARTREUSE

FAÇADE

LE VIEUX CLOITRE

Saint Bruno, la chapelle
Est au lieu consacré ;
Paradis il s'appelle
Il veut être arbitre

CHAPELLE SAINT-BRUNO

Cent sous ! pour la misère
C'est l'habit, c'est le pain
Pour le fils, pour le père,
Sœur grise tend la main

LA CORRERIE

PORTE DU SAPEY

www.ingramcontent.com/pod-product-compliance
Ingram Content Group UK Ltd.
Pitfield, Milton Keynes, MK11 3LW, UK
UKHW031940260826
14628UKWH00004B/1757

9 782329 339016